励志篇

一口气读懂诗词名句

曾许人间第一流

第一流

将进酒·黄 主编

SPM
南方传媒

岭南美术出版社

中国·广州

图书在版编目（CIP）数据

　　曾许人间第一流 / 将进酒·黄主编. —广州：岭南美术
出版社，2023.8
　　（一口气读懂诗词名句）
　　ISBN 978-7-5362-7754-0

　　Ⅰ.①曾… Ⅱ.①将… Ⅲ.①古典诗歌—诗歌欣赏—
中国—通俗读物　Ⅳ.①I207.2-49

　　中国国家版本馆CIP数据核字(2023)第120004号

责任编辑：　黄小良　黄海龙
责任技编：　许伟群
封面设计：　极宇林

一口气读懂诗词名句
YIKOUQI DUDONG SHICI MINGJU

曾许人间第一流
CENG XU RENJIAN DIYI LIU

出版、总发行：岭南美术出版社（网址：www. lnysw. net）
　　　　　　　　（广州市天河区海安路19号14楼 邮编：510627）

经	销：	全国新华书店
印	刷：	湛江市新民印刷有限公司
版	次：	2023年8月第1版
印	次：	2023年8月第1次印刷
开	本：	880 mm×1230 mm　1／32
印	张：	5
字	数：	99千字
印	数：	1—10000册

ISBN 978-7-5362-7754-0

定	价：	29.80元

那些激励心灵的诗

　　本册以"励志"为主题，汇聚了古人那些激励人心、自省自警、奋发振作的诗词名句。内容包括珍惜年华、勤奋学习、及时建功立业、度过无悔人生的态度，也包括不同流俗、卓然不群，不管条件如何艰难，始终积极振作、豁达面对的心态。

　　古人的生存环境限制更多，所以比今人更容易感受到时间的力量，对珍惜时光也有更深的感受。年纪老大还没有什么成就，有人说"青春须早为，岂能长少年"，有人却说"老骥伏枥，志在千里。烈士暮年，壮心不已"。谁不想有所作为呢？"江山代有才人出，各领风骚数百年"啊！时间是平等的，给每个人开通了一条赛道，"花开堪折直须折，莫待无花空折枝"呀！

　　珍惜时间，用来做什么呢？王禹偁说："昨日邻家乞新火，晓窗分与读书灯。"最美的年华，是微微晨曦与读书的灯火辉映。因为，"粗缯大布裹生涯，腹有诗书气自华"。

　　光鲜的外表很容易达到，可能只需廉价的装扮；富足的内心

却很难速成，多半需要日复一日、年复一年的累积。所以，颜真卿说："黑发不知勤学早，白首方悔读书迟。"陆游说："纸上得来终觉浅，绝知此事要躬行。"

起步之初，我们都默默无闻。可袁枚说："苔花如米小，也学牡丹开。"即便是一棵不起眼的小草，也要有冲向云天的志向。所以杜荀鹤说："时人不识凌云木，直待凌云始道高。"李白说："大鹏一日同风起，扶摇直上九万里。"

人生在途，也会坎坷随身。古人恰好是我们的榜样。苏轼被贬，却能在逆境中潇洒地说："一点浩然气，千里快哉风。"辛弃疾报国无门、满心苦闷，却仍然慷慨而歌："男儿到死心如铁。看试手，补天裂。"

读一句诗词，就是和一双眼睛对视。那目光，经过时光之流的淘洗，愈加圆融睿智。

下面，就让我们开启励志之旅吧！

第一辑

勤学早

如果说世上有一把万能钥匙，那就是知识。书到用时方恨少，腹有诗书气自华。最能照彻人心的，便是读书灯。

黑发不知勤学早，白首方悔读书迟

劝学

（唐）颜真卿

三更灯火五更鸡，正是男儿读书时。

黑发不知勤学早，白首方悔读书迟。

◎ **诗临其境**

这首诗既是颜真卿为勉励后人所写，又是自身勤学苦读的精华感悟。他三岁丧父，家道中落，但母亲殷氏为人坚毅，有孟母三迁的教育风范，对其寄予厚望，实行严格的家庭教育。

颜真卿能体会母亲的一片苦心，格外自律，日夜苦读，正如诗中所讲。《劝学》以"劝"字统领全文，以自己的亲身感受，告诫年轻人需早知勤奋学习：

每天三更半夜到鸡鸣之时，正是男儿们读书的最好时间。

少年时只知道玩耍，却不知道好好学习，待到老年、头发花白之时，才后悔当初为什么不知道勤学苦读，但是悔之已晚。

◎ 一句钟情

"黑发不知勤学早，白首方悔读书迟。"

这首诗深入浅出，自然流畅，如一老者谆谆教导后人，富含哲理，核心就在于"黑发早勤学，白首读书迟"。

金融学上有一个术语叫"复利"，号称世界第八大奇迹，其中蕴含的道理很简单：每天努力一点点、积累一点点、进步一点点，这正如 1.01 的 365 次方是 37.78，而 0.99 的 365 次方却是 0.03，虽然每天仅仅差别一点点，但长此以往，结果将差距巨大。

读书最具复利特点，经年累月之后，读书的人将累积巨大优势，轻松碾轧多数同龄人。年轻人只需每天比别人更努力一点点：当别人在玩游戏，你要读书；当别人睡懒觉，你要读书；当别人去旅游，你要读书……

记住，莫问收获，但问耕耘。即使已经虚度一段光阴，但也无须气馁放弃，因为种一棵树最好的时间是十年前，其次是现在，只管把握当下，每天努力向上，必不会有负于将来的自己。

◎ 诗歌故事

颜真卿自幼喜爱习字，但练字需要耗费很多纸张，家境清贫的他，为减轻家庭负担，自创"黄泥习字"的方法，用笔蘸着黄泥水在墙上写字。

26 岁时，他考中进士，但为了进一步学习书法，他拜在名师褚遂良门下，后因两度辞官，无法留在褚遂良身边学习，改拜张旭为师。

张旭是唐代首屈一指的大书法家，各种字体都会，尤其擅长草书。颜真卿希望能在名师的指点下，很快学到写字的窍门。

但拜师后，张旭却没有透露半点书法秘诀。他只是给颜真卿介绍了一些名家字帖，简单地指点一下字帖的特点，让颜真卿临摹。

甚至有时候，他带着颜真卿去爬山，去游水，去赶集、看戏，回家后又让颜真卿练字，或看他挥毫疾书。

转眼过去了几个月，颜真卿得不到书法秘诀，心里非常着急，他决定直接向老师提出要求。颜真卿壮着胆子，红着脸说道："学生有一事相求，恳请老师传授我书法秘诀。"

张旭却回答说："学习书法，一要'工'学，也就是勤学苦练；二要'领悟'，也就是从自然万象中接受启发。这些我不是多次告诉过你了吗？"

颜真卿听完，还以为老师不愿意传授秘诀，又向前一步，再次施礼恳求道："刚刚老师所说的这些道理，我都知道，我现在最需要的是老师行笔落墨的绝技秘方，烦请老师指教。"

这时，张旭继续耐着性子开导道："我是见公主担夫争路而察笔法之意，见公孙大娘舞剑而得落笔神韵，除了苦练就是观察自然。学习书法要说有什么'秘诀'的话，那肯定是勤学苦练。要记住，不下苦功的人，不会有任何成就。"

颜真卿听完老师的教诲，大受启发，终于明白真正的为学之道。自此，他勤学苦练，从生活中领悟运笔神韵，终成一代大书法家，创"颜体"楷书，对后世影响很大。

勤学苦读、勤学苦练是颜真卿的成功之道，更是为学的根本之道。事实上，真正的读书是件极需毅力、极为辛苦的事情，年轻吃不下读书的苦，将来便要吃生活的苦。

无障碍阅读

更：古时夜间计算时间的单位，一夜分五更，每更为两小时。午夜 11 点到凌晨 1 点为三更。

五更鸡：天快亮时，鸡啼叫。

黑发：年少时期，指少年。

白首：头发白了，这里指老年。

方：才。

作家介绍 颜真卿（709—784），字清臣，别号应方，京兆万年（今陕西西安）人，祖籍琅玡临沂（今山东临沂）。唐朝名臣、书法家。曾任平原太守，世称"颜平原"；封鲁郡公，人称"颜鲁公"。后被叛将李希烈杀害。其书法精妙，创"颜体"楷书，对后世影响很大。与赵孟頫、柳公权、欧阳询并称为"楷书四大家"。又与柳公权并称"颜柳"，被称为"颜筋柳骨"。

"人生一世，草生一春。黑发不知勤学早，转眼便是白头翁。月过十五光明少，人到中年万事休。"
出自《增广贤文》，人生短暂，青少年是最美好的时光，人们应在风华正茂之时，勤学不辍，否则转眼间成为老人，没什么事业成就，人生一天比一天黯淡，却悔之已晚。

本文作者

洞论文史，暨南大学硕士研究生，喜爱文史知识，因为古往今来人事相似，道理相同，读史可鉴人、可汲智，古为今用。

富贵必从勤苦得，男儿须读五车书

柏学士茅屋

（唐）杜甫

碧山学士焚银鱼，白马却走深岩居。

古人已用三冬足，年少今开万卷余。

晴云满户团倾盖，秋水浮阶溜决渠。

富贵必从勤苦得，男儿须读五车书。

◎ **诗临其境**

公元 765 年，杜甫离蜀南下，到达夔州（今重庆奉节）。在此次暮年时光的漂泊之旅中，杜甫时常处于孤独寂寞之中，拥有大量的闲暇时间来进行自省和回忆。于 56 岁之时，杜甫写下了这样一首《柏学士茅屋》，借古思今，追忆往昔。

正如诗中所感慨的那样：

纷纷扰扰的安史之乱，使得柏学士丢失了官职。昔日经常参议朝政、直言相谏的他，选择了将茅屋搭建在险峻的碧山之中。

他虽然选择了一种隐居的生活，但是依旧像汉代的东方朔那样勤奋苦读，如今已经读书万卷。眺望茅屋之外，漫天的祥云如同车盖一样密密地堆积在一起，绵长的秋水顺着道路湍急地向远方流去。自古以来，所谓的富贵荣华必定是从勤奋苦读中获得的，如今有识的男儿也应该像这位柏学士一样，博览群书，赢取功名。

这里，杜甫形容云如倾盖之团，是说云层浓密；水似决渠之溜，是说水流湍急。

◎ 一句钟情

"富贵必从勤苦得，男儿须读五车书。"

这是一句铿锵有力的宣言！坚信笃定，掷地有声。确实，做学问注定是一场漫长的旅途，需要在少年时代就勤奋苦读，打下扎实的基础。

时光如流水一样易逝，但是人生功名的真理却始终未变。"古人已用三冬足，年少今开万卷余"，既然古人都可以在恶劣的环境中饱读诗书，我们今人又何尝不可以呢？

斗转星移，今夕何夕，与其说这是杜甫深情地赞颂古人和柏学士的艰苦求学精神，不如说这是他对于自身以及后世子孙的一种劝勉与鼓励。

◎ 诗歌故事

若想朱门贵，必定苦读书。书籍不仅仅是个人向上攀登的阶梯，更是提升自身气质的基石。"唯有书香能致远，腹有诗书气自华"，央视主持人董卿便是最好的例子。白发戴花君莫笑，岁月从不败美人，花容月貌虽然易逝，但是从骨子中散发出来的芬芳气质，萦绕于身，从不褪色。

在不少节目中，董卿那种饱读诗书的气质流露于一颦一笑之间，让人为之动容。在繁忙的工作之余，她都会用心地品读一些古典诗词文学。因为读书，可以帮助她的内心平复浮躁，更加清晰自己努力的方向。不乱于心，不困于情，不畏将来，不念过去。在云聚云散，日出日落之时，笑看世间百态。

确实，命运从不会辜负一直追求进步的人，如今的董卿已经成为央视舞台的当家花旦。

董卿也曾经说过："我始终相信我读过的所有书都不会白读，它总会在未来的某一个场合帮助我表现得更出色。"

或许，有时候读书之"用"不在眼前，不在当下，而是像一场默默滋润万物的细雨，在不知不觉中改变着你的人生轨迹。让我们在美好的青春年华中，静下心来多读一些好书，多一分人生的精彩，少一分平庸的困扰。

无障碍阅读

碧山：指柏学士隐居山中，泛指青山。

银鱼：指唐朝五品以上官员佩戴的银质鱼章。

五车书：出自《庄子·天下》，"惠施多方，其书五车"。成语"学富五车"即来自此，喻指读书多，学问深。

作家介绍

杜甫（712—770），字子美，原籍湖北襄阳，生于河南巩县。自号少陵野老，是唐代伟大的现实主义诗人，与诗仙李白合称"李杜"。为了与另两位诗人李商隐与杜牧即"小李杜"区别，杜甫与李白又合称"大李杜"，杜甫也常被称为"老杜"。杜甫在中国古典诗歌中的影响非常深远，被后人称为"诗圣"，他的诗被称为"诗史"。后世称其杜拾遗、杜工部，也称他杜少陵、杜草堂。

佳句背囊

"读书破万卷，下笔如有神。"

出自唐代诗人杜甫的《奉赠韦左丞丈二十二韵》，这句诗与"富贵必从勤苦得，男儿须读五车书"有异曲同工之妙。敏而好学，不耻下问，读万卷书，行万里路，心中脱去尘浊，胸中自成丘壑。

本文作者 ———————

董帅，中央美术学院艺术管理与教育学院学生。

为人性僻耽佳句，语不惊人死不休

江上值水如海势聊短述

（唐）杜甫

为人性僻耽佳句，语不惊人死不休。

老去诗篇浑漫兴，春来花鸟莫深愁。

新添水槛供垂钓，故着浮槎替入舟。

焉得思如陶谢手，令渠述作与同游。

◎ 诗临其境

　　唐朝上元二年（761），已经持续6年的安史之乱，仍然没有被平息的迹象，政府军和叛军在各地反复交战，生灵涂炭。由于唐肃宗李亨信任宦官和张皇后，吏治大坏。

　　杜甫对时局痛心疾首，但他得不到唐肃宗的信任，无法改变前线胶着的战争和后方腐朽的官场，只能选择弃官离去。辗转多地,杜甫在成都定居下来,在城西浣花溪畔建成了一座草堂，世称"杜甫草堂"，也称"浣花草堂"。

　　时年50岁的杜甫虽然身处江湖之远，但他一直关注着社稷黎民，一次观锦江时，发现"水如海势"，触景生情，无限感慨，写下了这首诗。

虽然时间过去了 1200 多年，但穿越时空，我们仍然可以想象，一个干瘦老人独自站在锦江之畔，他有万千句话想跟旁人交流，却一句也说不出口，只能书诸笔端，让后人去评说。

杜甫这样写道：

老夫平生就喜欢细细琢磨，苦苦寻觅好的诗句，如果达不到惊人的地步，我就决不罢休。

现在人已经越来越老，写诗也就随意多了，对着春天的花鸟树木，没有了过去那种深深的忧愁。

锦江边新装了栏杆，可以让人悠闲地垂钓，我又备了一只小木筏，可代替游船出入江河的小舟。

希望有陶渊明、谢灵运这样的诗坛高手相伴，跟他们一起作诗畅谈，漫游锦江。

◎ 一句钟情

"为人性僻耽佳句，语不惊人死不休。"

这句诗写出了杜甫严谨认真的写作态度，同时也是对诗题"水如海势"的一种呼应。

江和海完全是两个概念，海的气势要比江磅礴汹涌得多，但杜甫却看到了"江上值水如海势"的奇观，就想说道说道。

这句诗表面上是杜甫在自说自话，实际上这"惊人"二字，加上后面的"死不休"，足以看得出诗人在看到江水如海后的震惊与激情。

正是有了这样的基础，诗人在对江水轻轻带过后，又发挥了浪漫的想象，让陶渊明、谢灵运两位大诗人穿越时空，来跟他相会于这"如海势"的江上，使得大家对这句诗有了更深刻的印象。

◎ 诗歌故事

杜甫出身于官宦世家，少时生活富足惬意，七岁的时候就可以写诗赋文："七龄思即壮，开口咏凤凰。"志向也是积极入仕："致君尧舜上，再使风俗淳。"

当时正值开元盛世，杜甫在经过二十年左右的书斋生活后，也开始了十多年的"壮游山河"，这一阶段杜甫的诗歌都是非常浪漫积极的，最典型的就是"会当凌绝顶，一览众山小"。

唐朝天宝六载（747），杜甫结束四处游历的生活，来到长安寻求机会，但在奸相李林甫、杨国忠当权的大背景下，无论是参加考试还是走权贵的门路，杜甫都无法实现自己的抱负，他写下"丈夫四方志，安可辞固穷"来自勉，更写出了《兵车行》《丽人行》等反映劳苦大众生活的作品。困守长安期间，杜甫没有被残酷的现实击倒，而是成为一名忧国忧民的诗人。

唐朝天宝十四载（755），安史之乱爆发，第二年长安就被叛军攻破，唐玄宗逃到了四川，皇太子李亨则跑到灵武即位，杜甫带着一家老小四处逃难，后来在投奔唐肃宗的路上，被叛军俘虏，押到长安看管。在自身难保的情况下，他还在时刻关注着唐军的平叛进展："还闻献士卒，足以静风尘。"

唐朝至德二载（757），杜甫冒险逃出长安，投奔唐肃宗，虽然被授为左拾遗，但很快就因帮大臣房琯说话，得罪了唐肃宗，第二年就被贬为华州司功参军。仕途不顺让杜甫看到了更多的人间疾苦，写下了"三吏""三别"这样的不朽诗篇。

唐朝乾元二年（759），杜甫弃官辗转来到成都，在生命最后的十一年里，他已经放弃了入仕的念头："不爱入州府，畏人嫌我真。及乎归茅宇，旁舍未曾嗔。"转而跟普通百姓有了更多的接触，诗作风格更加多元，肆意洒脱。

"为人性僻耽佳句，语不惊人死不休"，杜甫用这一非常醒目的诗句告诉世人，那个积极上进、胸怀天下的杜少陵从未远去，他的热血，在这自信满满的字句间传扬。

无障碍阅读

性僻(pì)：性情有所偏执、古怪。这里是诗人自谦。

新添：初做成的。

陶谢：陶渊明、谢灵运，皆工于描写景物。

**作家
介绍**

杜甫（712—770），字子美，原籍湖北襄阳，生于河南巩县。自号少陵野老，是唐代伟大的现实主义诗人，与诗仙李白合称"李杜"。为了与另两位诗人李商隐与杜牧即"小李杜"区别，杜甫与李白又合称"大李杜"，杜甫也常被称为"老杜"。杜甫在中国古典诗歌中的影响非常深远，被后人称为"诗圣"，他的诗被称为"诗史"。后世称其杜拾遗、杜工部，也称他杜少陵、杜草堂。

**佳句
背囊**

"会当凌绝顶，一览众山小。"

出自杜甫的五言古诗《望岳》，表达了诗人不怕困难、敢攀顶峰、俯视一切的雄心和气概，与"为人性僻耽佳句，语不惊人死不休"一样，把作者那种卓然独立、兼济天下的豪情壮志表现得淋漓尽致。

本文作者

王彦观止、王世东，爱读书爱分享，热爱一切有趣的事物。

粗缯大布裹生涯，腹有诗书气自华

和董传留别

（北宋）苏轼

粗缯大布裹生涯，腹有诗书气自华。

厌伴老儒烹瓠叶，强随举子踏槐花。

囊空不办寻春马，眼乱行看择婿车。

得意犹堪夸世俗，诏黄新湿字如鸦。

◎ **诗临其境**

　　苏轼出身书香门第，与其父苏洵、其弟苏辙合称"三苏"。北宋嘉祐二年（1057），苏轼考中进士，四年后出任凤翔签判，这是他步入仕途的第一站。在凤翔，他认识了出身贫寒、生活困顿却饱读诗书的董传，苏轼很欣赏他的才华，在离任返京时，赋诗相赠。诗中既有对董传贫而乐学、不坠青云之志的赞美，也有对董传科考入仕的殷殷期许：

　　糙丝束发、粗布加身，难掩饱读诗书的人的神韵气质；厌倦与老儒烹瓠清谈的苦日子，决意和举子们一同参加科考求取功名；虽然无钱置办马匹"一日看尽长安花"，却可在眼花缭乱的"择婿"车流中且行且看；值得世俗夸耀称美的是，新科诏书黄纸上那将干未干的墨迹。

◎ 一句钟情

"粗缯大布裹生涯，腹有诗书气自华。"

"粗缯大布"和"腹有诗书"的强烈对比，是对读书人的最高赞许，相比于"书中自有黄金屋，书中自有颜如玉，书中自有千钟粟"少了世俗与功利，多了清高与自持。

在寒微的境遇中，不惮清贫，不慕浮华，沉得下心，耐得住寂寞，用诗书来丰富和充盈自己的精神世界。此处的"气自华"，不仅指人的气质面貌，更指人的思想境界和处事格局：不汲汲于功名，不营营于利禄，在浮华中坚守，在坚守中修为。

◎ 诗歌故事

"粗缯大布裹生涯，腹有诗书气自华。"这句诗是苏轼对董传的赞美，也是苏轼自己一生的写照。

"乌台诗案"后，苏轼被贬为黄州团练副使，从廊庙之器、"宰相之材"沦为戴罪之身，非但没有实权，"不得签书公事"，连起居行踪都要受到限制和监视。微薄的俸禄，一家二十多口的柴米之需，更是捉襟见肘，难以为继。

初到黄州的苏轼是惶恐、低落和困顿的，如他在《寒食雨二首》中所描写的一样："小屋如渔舟，濛濛水云里。空庖煮寒菜，破灶烧湿苇。……也拟哭途穷，死灰吹不起。"苦雨凄风，漏屋空厨，破灶湿柴，满满的穷愁与失意。好在苏轼又是乐天和务实的，在朋友的帮助下，他开始寄身乡野，躬耕于黄州东坡的一块军营荒地上。他虚心向农人请教，俨然从一个饱读诗书、名动京城的才子变成了朴实勤劳的农夫；他乐在其中，自号"东坡居士"。"投种未逾月，覆块已苍苍。"不到一个月，先前播种的麦苗已成青青一片，苏轼喜悦之余不忘对农人的感激："得饱不敢忘。"

生活的困顿相对来说易于解决，人生的危机、愤懑和失意更需要超脱和排遣。贬谪和遭遇的打击需要排解，需要突围，他开始在佛、道思想中寻找慰藉和突破的力量。在黄州的这段时间里，苏轼隔三岔五地就去安国寺焚香诵经，静坐禅悟，了悟人生的无我、无常、无住；他喜读《庄子》，受道家"道法自然""逍遥无为"的影响，感悟到了"人生如寄""人生如梦"……他的人生观大为改变，内心变得强大自适、旷达自足，终于从政治打击的绝望与惶恐中解脱了出来："回首向来萧瑟处"，那些"穿林打叶声"，于他而言，已是"归去，也无风雨也无晴"。所有的起落得失、荣辱毁誉皆无须挂怀，无住我心。

黄州时的苏轼，才情纵横，诗词书画无不臻于妙境。苏轼受佛道思想的影响变得旷达超脱，但毕竟自幼受儒家思想的浸润，"处江湖之远"，虽无法为国谋解君忧，却仍可以造福一方百姓。了解到当地人因为贫困有溺死新生婴儿的野蛮风俗，他一边上书谏言严惩溺毙婴儿者，革除恶习，一边募捐成立了中国第一所孤儿院——东坡雪堂救儿会。凡是贫困孕妇，只要答应养育婴儿，就赠予钱物救助，他在自己都吃不饱饭的情况下，每年拿出大部分薪俸带头捐赠。

苏轼一生三起三落，艰难的际遇磨炼了他，也使他"穷且益坚"，不管顺境逆境，都能泰然处之，永葆赤子之心。只要于百姓有利，便不计得失，仗义执言，任狂风暴雨穿林打叶，我自吟啸徐行，"一蓑烟雨任平生"，因为苏轼不只是个"腹有诗书"的文学家，更是个心怀天下，以民为本的理想主义者，是个真正的精神贵族。

无障碍阅读

粗缯（zēng）：粗糙衣物。缯，丝织物。

瓠（hù）叶：瓠瓜的叶，味苦，这里指菜肴粗陋、简单。

踏槐花："槐花黄，举子忙。"秋天科举考试的时候，正值槐花盛开，所以用"踏槐花"来指代科举考试。

择婿车：宋代重文轻武，有科考功名的文士最受欢迎。进士放榜之日，京城富贵之家乘车而来，争抢中榜士子为女婿。后来就以"择婿车"比喻科举高中。

作家介绍

苏轼（1037—1101），字子瞻、和仲，号铁冠道人、东坡居士，眉州眉山（今四川眉山）人。北宋著名文学家、书法家、画家、诗人。宋高宗时追赠太师，宋孝宗时追谥"文忠"。学识渊博，与父苏洵、弟苏辙合称"三苏"；诗与黄庭坚并称"苏黄"；词与辛弃疾同是豪放派代表，并称"苏辛"；散文与欧阳修并称"欧苏"，同为"唐宋八大家"之一。书法与黄庭坚、米芾和蔡襄合称"宋四家"。擅长文人画，尤擅墨竹、怪石、枯木等。作品有《东坡七集》《东坡易传》《东坡书传》《东坡乐府》等传世。

佳句背囊

"贫者，因书而富；富者，因书而贵。"
出自北宋王安石《劝学文》，贫穷的人因为读书而变得富有，富有的人因为读书而变得高贵。读书能够获取知识，改变人的命运，也能充实人的精神世界，完善人格，提高人的气质和修养。

本文作者 ————————————————

邱明珍，头条号"文史阅微"。

纸上得来终觉浅，绝知此事要躬行

冬夜读书示子聿

（南宋）陆游

古人学问无遗力，少壮工夫老始成。

纸上得来终觉浅，绝知此事要躬行。

◎ 诗临其境

陆游，南宋著名爱国诗人，一生笔耕不辍，把自己拳拳的爱国之情、殷殷的爱子之意诉诸笔端，留下一篇篇千古绝唱。

公元 1199 年（庆元五年），在一个寒冷的冬夜，时年已经 74 岁的陆游依然在书房读书，如醉如痴。冬夜如此静谧，而陆游却思潮起伏，有太多的话要对儿子说，于是落笔写下他对子聿的殷殷嘱托：

古人在学习上不遗余力，年轻时下功夫，到老年才有所成就。从书本上得来的知识毕竟不够完善，要透彻地认识事物还必须亲自实践。

◎ 一句钟情

"纸上得来终觉浅，绝知此事要躬行。"

这一句实乃真理，提出了做学问的要义。专心致志、孜孜不倦地做学问，固然很重要，但还不够，还要"亲身躬行"。

"实践出真知"，"实践是检验真理的唯一标准"。

一个既有书本知识，又有实践经验的人，才是真正有学问的人。书本知识是前人实践经验的总结，能否符合现实的情况，必须用实践去检验。经过亲身实践，领悟得才更深刻，从而把书本上的知识变成自己的实际本领，这才谓之"学会"。

诗人从书本知识和社会实践的关系着笔，强调实践的重要性，凸显其真知灼见。"要躬行"包含两层意思：一是学习书本知识的过程中要"躬行"。读书的方法，必须把注意力集中到三点：心到、眼到、口到。对于圣贤的教诲，照着去做是很重要的。二是获取知识后还要"躬行"，通过亲身实践化为己有，转为己用。

诗人的用意很清楚，旨在教育儿子不要仅仅满足于书本知识，还要重视应用，要在实践中夯实并升华。

陆游经常和子聿同读经文，他认为父子情带来的趣味，阅读所得可谓铭记一生。

"经中固多趣，我老未能忘。似获连城璧，如倾九酝觞。"读书是和品下酒坛佳酿，获得价值连城的和氏璧一样的快乐。

"努力晨昏事，躬行味始长。"从白昼到夜晚，一切事务最好亲力亲为。诗人还对子聿劝解道：读"六经"必须要端正，对其中真意，历经磨砺才可得。他鼓励孩子们读书，就和孩子们一起读书；他也鼓励孩子们和他一起创作，在"躬行"中，父子情更深，子女自然也收益颇丰。

教育者应该知道，学习的渠道一是来自书本或者别人现成的经验，再就是亲自实践。而后者往往更直观、更有说服力。

犹记得我经常对学生讲说楼道内要稳步行走，不得疯闹，更不要从扶手上往下滑。相信很多老师都对学生做过这样的教育，但总有人愿意"以身试法"。

某日，一个"调皮蛋儿"下课就坐着扶手从三楼往下滑，但很不幸，他直接从三楼的扶手上摔了下去，半天动弹不得，听到学生报告，下去查看的时候，"调皮蛋儿"还在地上歪坐着，一脸痛苦的神色，根本站不起来。从此后，不用我再多言，班里再没有人这么做了。这是多么痛的领悟啊！

实践，也要"因事而异"。师长关于安全的告诫还是不要去实践了，就认真听取了吧。

《庖丁解牛》的故事形象地说明了实践获得真知的道理。道理都懂，但实际生活中又往往一叶障目。很多做家长的生怕孩子磕了、累了、伤了、受委屈了，生活中大包大揽，聪明的家长给孩子实践的机会，包括挫折和失败，孩子在挫折和失败中的收获绝对不是书本能给到的。

西汉史学家、文学家刘向说，"耳闻之不如目见之，目见之不如足践之"。把书本知识、现成的经验和实践结合起来，如是，学习就是有用的，做事就是高效的。

无障碍阅读

绝知：深入、透彻地理解。
躬（gōng）行：亲身实践。

作家介绍

陆游（1125—1210），字务观，号放翁。越州山阴（今浙江绍兴）人，南宋著名诗人。诗歌今存 9000 多首，内容极为丰富。著有《剑南诗稿》《渭南文集》《南唐书》《老学庵笔记》等。

佳句背囊

"操千曲而后晓声，观千剑而后识器。"
出自南朝刘勰《文心雕龙·知音》，意思是：只有弹过千百个曲调的人才能懂得音乐，看过千百口宝剑的人才能懂得武器。说明实践的意义所在，与"绝知此事要躬行"有异曲同工之处。

本文作者

宫晓慧，小学语文高级教师，花草和音乐、手工和美食、诗和远方都是我所爱，因为有爱，从不孤独。

文章本天成，妙手偶得之

文章

(南宋) 陆游

文章本天成，妙手偶得之。

粹然无疵瑕，岂复须人为？

君看古彝器，巧拙两无施。

汉最近先秦，固已殊淳漓。

胡部何为者，豪竹杂哀丝。

后夔不复作，千载谁与期？

◎ **诗临其境**

　　陆游是一位高产的诗人，流传下来的诗有 9000 多首。这首诗是陆游对创作诗歌的切身体会，值得我们细品。

　　头两句是整首诗的"诗眼"，陆游说文章本是浑然天成的，是技艺高超的人在偶然间所得到的。就好似无瑕的美玉一样，天然就是那样，不需要人力去刻意追求。

　　为了更进一步说明好的东西不需要人为，陆游紧接着举了个例子，他说你看看上古的彝器，无论巧拙，都不是匠人刻意为之，而到了汉代，虽然它离先秦最近，可是人为的因素多了，汉代的文章读起来反而不如先秦的文章让人觉得淳朴敦厚了。

说完了秦汉，作者的思绪又到了唐，他说"胡部新声"，不过就是一些丝竹和管弦混在一起的声音，舜的乐官后夔早就死了，后世去哪里听他写的那些纯粹而无瑕疵的音乐呢？

◎ 一句钟情

"文章本天成，妙手偶得之。"

这是全诗中我最喜欢的一句，写文章求工整、求精巧还是求朴拙、求自然，是一直争论不休的问题，比如我们都知道的"推敲"的例子，就是贾岛苦苦思索，到底用"推"字还是"敲"字更好，贾岛想得入神，甚至连冲撞了韩愈仪仗都浑然不觉。

可见"文章本天成"，并不是说你做个梦，老天爷就把好句子好文章告诉你了，所谓文章天成，是作者苦心经营、匠心独运的结果，是看起来像"天成"，没有人为加工的痕迹而已。

"本章本天成"还有另外一层意思，就是说，好的文章让人读起来有一种平淡而近自然的感觉，而不是让人感觉装腔作势，拿腔拿调。

好文章，结构精巧自然；行文流畅自然；用语妥帖自然。看似天然去雕饰，其实一切都是匠心独运，正如美玉，是历经千年雨雪风霜，自然"打磨"的结果。

要做到"文章本天成"，必须是"众里寻他千百度"在先，然后才能"得来全不费功夫""妙手偶得之"在后。写文章和做人一样，都要记住"梅花香自苦寒来"。

◎ 诗歌故事

陆游在这诗中阐述了自己的创作主张。

这里的"天成"并不单纯是大自然的恩赐，也来自创作者长期积累得来的思考。这些思考一直积淀，借由偶然机会得到灵感生发，从而创作出好的文章。

陆游说："我初学诗日，但欲工藻绘；中年始少悟，渐若窥弘大……汝果欲学诗，功夫在诗外。"

为了进一步说明功夫在诗外，陆游说："法不孤生自古同，痴人乃欲镂虚空，君诗妙处吾能识，正在山程水驿中。"这就说得很明白了，要想作好诗，绝不是关起门来空想就能做到的，应该多和外边的世界接触，和自然亲近，而不是在故纸堆里翻找。

其实写文章如此，做人也一样，为什么呢？因为如果我们做人太刻意，太人为，就会让别人感觉虚伪。而葆有一颗赤子之心，反而会令人感觉到亲切自然。

先做人，后作文。文如其人，讲的就是这个道理。

无障碍阅读

粹然无瑕瑕：粹（cuì）然，纯粹的样子；瑕瑕（cī xiá），缺点。

彝（yí）器：也称"尊彝"，是古代青铜器中礼器的一种通用叫法。

无施：没有施加人力的影响。

淳漓（chún lí）：指风俗、世情的厚与薄。淳，质朴、敦厚；漓，浅浮、浇薄。

胡部：唐代掌管胡乐的机构，亦指胡乐。胡乐从西凉一带传入，当时称"胡部新声"。

豪竹杂哀丝：豪竹，管乐器；哀丝，弦乐器。"豪竹哀丝"现在是成语，意思和"丝竹"一样，都是指管弦乐，有时也泛指音乐。

后夔（kuí）：人名，相传为舜的乐官。

"挥毫当得江山助，不到潇湘岂有诗。"

出自陆游《读旧稿有感》，说的也是文章天成的意思。

"陶谢文章造化侔，篇成能使鬼神愁。君看夏木扶疏句，还许诗家更道不？"

这首陆游的《读陶诗》同样强调的是好文章出自"天然"。

苏东坡也表达过类似的意思，比如《和陶归园田居》"春江有佳句，我醉堕渺茫"。

本文作者

吴公子燎，金融从业者，爱好文史，业余时间喜欢写写文章。

繁霜尽是心头血，洒向千峰秋叶丹

望阙台

（明）戚继光

十年驱驰海色寒，孤臣于此望宸銮。

繁霜尽是心头血，洒向千峰秋叶丹。

◎ 诗临其境

戚继光是明朝的抗倭名将。

嘉靖年间，我国东南沿海一带倭寇侵扰，当地百姓苦不堪言。于是，戚继光被调往浙江都司佥事，担任参将一职。

匆匆十年，戚继光仍然在茫茫海域中过着东征西伐的日子。然而，朝廷一直以来对海上抗战的支持甚少，甚至加以责难。

在霜叶尽红的深秋，诗人远眺京城，感慨万千。他浴血奋战，却孤立无援，忆起十年征战生活，不禁泪眼婆娑。

于是，诗人叹道：

在泛着蓝色冷光的海上，我与倭寇周旋已有十年之久。

秋风里，孤独的我登上阙台，遥望着京城宫阙。

十年抗倭，心血就如洒在千山万岭上的浓霜，染红了漫山秋叶。

◎ 一句钟情

"繁霜尽是心头血，洒向千峰秋叶丹。"

诗人登上望阙台，千峰万壑，秋叶流丹。这一片如霞似火的生命之色，令他想起沧桑岁月，更令他激情满怀，鼓荡起想象的风帆。

以"繁霜""秋叶"自喻，诗人向皇帝表达自己忠贞不渝的报国之心。虽然在长达十年的抗倭战争中，朝廷对自己不闻不问，但是诗人却对国家怀有强烈责任感和使命感。

诗人把爱国忠君的赤诚心血，喻为繁霜。全句意为保家卫国的一腔热血凝如繁霜，直把漫山遍野的秋叶染红，既形象又生动地表达了高尚的爱国情怀。

繁霜红，秋叶红，漫山红，也不如他坚贞报国的赤子之心红得火热，红得彻底，红得震撼。

◎ 诗歌故事

长期以来，我国涌现了一批又一批怀着深厚的爱国主义情怀的科学家。凭借深厚的学术造诣、宽广的科学视角，他们为祖国做出了方方面面的重大贡献。

物理学家钱学森，排除万难一心回国，将我国导弹、原子弹的发射向前推进至少 20 年；

核物理学家邓稼先，隐姓埋名工作 28 年，为核武器的原理突破和研制做出了重大贡献……

在谈到我国科学家的爱国主义情怀时，习近平总书记使用了"繁霜尽是心头血，洒向千峰秋叶丹"这句诗句。

科学家们几十年如一日地奋战在科研前线，不是从零到一，就是从一到百，含蓄低调地干着惊天动地的大事。

正是他们强烈的民族使命感和责任感，不断推动我国科技事业的向前发展。

每一位科学家不计得失，呕心沥血，鞠躬尽瘁，坚守岗位，发光发热。不是为了获得荣誉功勋，而是为了国家兴旺，为了我们这个民族能在漫长的岁月长河中越走越远。

在今年的抗疫一战中，许多以前默默无闻的白衣天使因为事业上的奉献，成了全国称赞的楷模，更成了国人铭记一生的大英雄。

即使是在你我身边，也有千千万万个平凡却不普通的工作者。或许没有特别耀眼的成绩，没有让社会为之惊叹的壮举，可是他们一样具有"匠人精神"，在工作岗位上奉献了自己的才华、青春、心血。

在自己的能力范围里，尽心尽力，实现自我价值，便是"繁霜尽是心头血，洒向千峰秋叶丹"在现代普通人身上最好的体现。

无障碍阅读

望阙台：在今福建省福清市。阙，多音字，诗中读 què，宫阙，指皇帝居处。

孤臣：远离京师，孤立无援的臣子，此处指诗人自己。

宸銮（chén luán）：皇帝的住处。

作家介绍

戚继光（1528—1588），字元敬，号南塘，晚号孟诸，卒谥武毅；山东登州（今山东蓬莱）人，明朝抗倭名将，杰出的军事家、书法家、诗人、兵器专家和军事工程家。曾在东南沿海抗击倭寇十余年，扫平倭患；后又在北方抗击蒙古部族内犯十余年。著有《纪效新书》《练兵实纪》等著名兵书，还有《止止堂集》等。

佳句背囊

"只解沙场为国死，何须马革裹尸还。"
出自清代诗人徐锡麟《出塞》。诗人只知要为国家奋战至死，何曾想过用马的毛皮把自己的尸体裹住运回。此句表达了诗人一心为国的赤诚、热血，在战场上无暇顾及生死，与《望阙台》里的"繁霜尽是心头血，洒向千峰秋叶丹"有异曲同工之妙。

本文作者

头条号"一周一本书"，立志当一名有文化的当代青年。

惜华年

青春易老，事事须早为；时光易散，华年须珍惜，莫做强说愁的少年郎，莫待无花空折枝。

烈士暮年，壮心不已

龟虽寿

（东汉）曹操

神龟虽寿，犹有竟时。

腾蛇乘雾，终为土灰。

老骥伏枥，志在千里。

烈士暮年，壮心不已。

盈缩之期，不但在天；

养怡之福，可得永年。

幸甚至哉，歌以咏志。

◎ **诗临其境**

建安五年（200），曹操于官渡之战以少胜多，摧毁袁绍的主力。后来袁绍之子袁熙、袁尚向北逃到乌桓。七年后，曹操统领大军北征乌桓，大获全胜。在回师途中，曹操写下了《步出夏门行》组诗，充满豪情壮志的《龟虽寿》为组诗中第四首。

这一年，曹操已 52 岁。

后世，杜甫慨叹"晚岁迫偷生"时，不过45岁；苏轼自叹"老夫聊发少年狂"时，不过40岁。而此时52岁的曹操，在这个江山支离破碎、战乱纷争不息的时代，无疑是名副其实的老人了。

暮年了，梦想还能实现吗？曹操自然是不消极、不屈于天命的。

于是曹操说：

哪怕是长寿的神龟和腾蛇，也终有灰飞烟灭的时候，何况凡人？我有限的生命，应当建功立业，至死方休！

年老的千里马，卧伏在马槽边，心中志向仍欲驰骋一日千里。胸怀大志的好男儿，纵使两鬓苍苍，依然心中有火，眼里有光！

人的寿命长短绝不是完全由上天定的。精神饱满调养好，仍有希望益寿延年。

这是响当当的"我命由我不由天"！

◎ 一句钟情

"老骥伏枥，志在千里。烈士暮年，壮心不已。"

我曾认为，英雄暮年就如同美人迟暮，"惟草木之零落兮，恐美人之迟暮"，都是令人扼腕叹息的。谁人不爱鲜衣怒马的少年？新丰美酒斗十千纵情恣意，清歌漫语谈笑间文采飞扬，书生意气指点江山……茫茫世间，可歌可咏可爱的少年豪杰知多少!

小时候背李白"蓬莱文章建安骨",并不明白何为"建安骨"。当人到中年,突然感觉时光真是握不住的流沙,梦想需要快马加鞭地去追赶了。此时轻声吟诵出"老骥伏枥,志在千里。烈士暮年,壮心不已",竟然被这份豪情壮志激荡得心潮起伏。曹操,鞍马为文、横槊赋诗,诗句中激情慷慨、爽朗刚健,震烁古今,文字中透出的正是铮铮的"建安风骨"。

◎ 诗歌故事

《世说新语》里有个王敦的故事。

东晋大将军王敦,是个豪爽之人,曾经沉迷于女色,有人规劝他。他便打开家中小门,把几十个婢妾放出,任凭她们离去。世人赞他品行高尚。王敦最爱曹操的《龟虽寿》,每次饮酒之后,就会大声吟唱"老骥伏枥,志在千里。烈士暮年,壮心不已"。一边唱一边用如意敲打玉壶作拍子,家里所有的玉壶都被敲缺了口儿。酒后的豪迈将军,吟唱的、敲打的,无非就是心中的不甘、不屈、不服和进取,老当益壮,宁移白首之心?

人们历来喜欢吟咏"一日之计在于晨""黑发不知勤学早,白首方悔读书迟",都知道青少年时期是最好的奋进时期。那么,人至中年、人生半坡时,面对人生的下半场,是得过且过,还是继续振翅飞翔呢?

成年人的艰辛中,更能彰显拼搏者的勇毅。历经青年的青涩与探索，年长之时沉淀了生存智慧、积累了人生阅历，这是继续展翅的优势。"谁道人生无再少？门前流水尚能西！"内有不老的灵魂和昂扬的斗志，就算华发生、鬓霜白——

我还是从前那个少年，没有一丝丝改变。

时间只不过是考验，种在心中信念丝毫未减。

作家介绍 曹操（155—220），字孟德，小名阿瞒，东汉末年杰出的政治家、军事家、文学家、书法家。曹魏政权的奠基人，建安文学的代表。

佳句背囊 "老当益壮，宁移白首之心？穷且益坚，不坠青云之志。"出自唐代王勃《滕王阁序》，意思是：年纪越老越应该斗志昂扬，怎能在白头时改变曾经的心志？境遇虽然困苦，但节操应当更加坚定，决不能抛弃自己的凌云壮志。

"谁道人生无再少？门前流水尚能西！休将白发唱黄鸡。"出自宋代苏轼《浣溪沙·游蕲水清泉寺》，意思是：谁说人生就不能再回到少年时期？门前的溪水都还能向西边流淌！不要在老年感叹时光的飞逝啊！

本文作者

有女如玉书中寻，今日头条文化领域优质创作者。

青春须早为，岂能长少年

劝学

（唐）孟郊

击石乃有火，不击元无烟。

人学始知道，不学非自然。

万事须己运，他得非我贤。

青春须早为，岂能长少年。

◎ 诗临其境

唐代诗人孟郊以一首《游子吟》闻名于世，其现存诗作有五百多首，这首《劝学》说出了他多年学习的感悟。时不我待，抓紧青春的美好时光，好好学习实践吧！

诗歌大意为：

石头要经过敲击才会出现火花，要是不进行敲击、碰撞，这石头一点烟也不会有。

人不也是这样吗？只有通过学习才能掌握知识，了解这个世界，如果不学习就什么也不知道。

不仅是学习，任何事情都需要自己去多多实践，别人学到的东西并不会成为我的知识。

尤其是少年时期更要趁早学习，毕竟我们总是会长大，谁也不能一直停留在少年时期。

◎ 一句钟情

"青春须早为，岂能长少年。"

在考中进士之前，孟郊已经两次进京参加考试，几十年的学习生涯，孟郊心中感慨万千，即使已到不惑之年，他也从未停止学习。他想向同他一样沉浸于学习，实践于生活的学子们，说一声加油，道一声共勉。

同时也有劝诫之意。时光的流逝总是在眨眼间就让人与人的差距越拉越大，青春少年时期又是最为聪慧、最为纯粹的学习时光，若不及早趁着这少年时光，抓紧学习，年长时一定会增添几分遗憾和失落。

这一句是青春在召唤：学习读书要趁早，美好时光不再来。

◎ 诗歌故事

"青春须早为，岂能长少年。"像一记重锤，敲响了警钟。是啊，少年的青春时期是多么短暂和珍贵啊，错过这珍贵的学习时间，就再也回不去了！

宋代朱熹在《劝学诗》中说道："少年易老学难成，一寸光阴不可轻。"智者们历经岁月的洗礼，都留下了相似的感悟，表达了最真的情感：学习读书要趁早，流逝光阴不可追。

纵观历史长河，西汉名将霍去病 17 岁时已经成为校尉，抗击匈奴，戍守边疆；唐代诗人王勃 6 岁可写文，16 岁时应试及第，成为朝廷最年少的官员；贝多芬 4 岁就开始作曲。他们是少年早成的代表，用自己的经历证明抓住少年时期勤奋学习的重要性。成功不是偶然，是一点点的厚积薄发，是抓住时间，珍惜时光，追求上进的回报。

主持人撒贝宁曾说过："如果当你一天到晚拿着手机，刷着微博，坐在家里，宅着看电视，天天上着网，做着那些连 80 岁以后都能干的事，你要青春干什么呢？"

是呀，青春的意义不就在于奋斗吗？如果现在做着老年人都能做的事，那青春于我们而言还有什么意义呢？我们又如何在少年成长这条不可复制的旅途中，构建属于自己的独一无二的青春回忆呢？那就是用奋斗、用学习、用读书来装点这段最闪亮的日子，而不是挥霍、荒度、后悔。只有这样，当我们回首和少年时代告别的时候，才能充满自信地挥一挥手，和过去坦然地说一声"再见"！

只要我们能意识到时间和学习的重要性，把握当下，即刻出发，一切都不算晚。珍惜时光、勤学多练正是"青春须早为，岂能长少年"之中蕴含的殷殷期盼。

无障碍阅读

乃：才。

知道："知"是动词，知道、懂得、掌握；"道"是名词，事物的法则、规律，这里指各种知识。

自然：天然。

运：运用、实践。

作家介绍

孟郊（751—814），字东野，湖州武康（今浙江德清）人，唐代著名诗人，苦吟诗人的代表。他的诗大多展现世态炎凉和民间疾苦，被称为"诗囚"；与贾岛一起，被苏轼称为"郊寒岛瘦"。代表作有《游子吟》《劝学》《登科后》等。有《孟东野诗集》。

佳句背囊

"黑发不知勤学早，白首方悔读书迟。"

出自唐代著名书法家颜真卿诗作《劝学》，颜真卿认为少年不知道早起勤奋学习，到老了后悔读书少就太迟了。与"青春须早为，岂能长少年"类似，都是勉励人们抓紧时间，好好读书学习。

本文作者 —————————————————

竹一，于浩瀚书海，寻一丝畅快。

花开堪折直须折，莫待无花空折枝

金缕衣

（唐）杜秋娘

劝君莫惜金缕衣，劝君惜取少年时。

花开堪折直须折，莫待无花空折枝。

◎ 诗临其境

据说，这首《金缕衣》是杜秋娘在为镇海节度使李锜（qí）表演时创作的，大意是说：

我劝你啊，不要顾惜那华丽贵重的缀有金线的衣服；我劝你啊，一定要珍惜年少时最好的青春时光。

花开宜折的时候就要抓紧去折；不要等到花儿凋落的时候，只折了个空枝。

诗虽短小，却极有道理——"一定要珍惜时间"。李锜听懂了杜秋娘诗中的意思，甚至因此纳杜秋娘为妾。

◎ 一句钟情

"花开堪折直须折，莫待无花空折枝。"

或许，这是一位饱经风霜的老者在劝告后来的年轻人要珍惜时间；又或许，这是一个有头脑的年轻人在总结自己的生活经验。如果是功名，它教我们要珍惜少年时光，努力上进；如果是感情，它告诉我们，要勇敢。张爱玲曾说：出名要趁早。无论是什么，只要合法、合理，作为新时代的青年，何不在最好的光阴努力追求呢？

◎ 诗歌故事

杜秋娘本是唐朝一位才华横溢的歌姬，一天，她要为年过半百的李锜表演取乐，凭借这首她自己写的《金缕衣》，杜秋娘成为李锜的小妾，嫁入"豪门"，过了一段"好日子"。

但是好景不长，李锜因参与叛乱被处死，杜秋娘一夜间成为阶下囚。继唐德宗驾崩、顺宗让位之后，唐宪宗李纯在一个偶然间看到杜秋娘表演《金缕衣》，于是被深深地感染，从而释放了杜秋娘，封为秋妃。杜秋娘也算是因祸得福了。

杜秋娘在唐宪宗身边，既是爱妃、玩伴，又是机要秘书，深得宪宗的喜爱。可是宪宗去世，杜秋娘又一次失去了靠山，被赶出皇宫。此时的杜秋娘，已然没有了当年的风华绝代。容颜老去、孤苦伶仃的杜秋娘，只能在梦里回忆曾经的美好时光。

所幸她又遇到了杜牧，虽不能给她荣华富贵，但能够作为蓝颜知己倾听她的故事，也未尝不是人生中的一大幸事。杜牧给她写了一首《杜秋娘诗》，记录她的人生，同时表达对杜秋娘的同情。

这首《金缕衣》词浅意深，连同杜秋娘的故事，千百年来一直为人传唱。

无障碍阅读

金缕衣：缀有金线的衣服，比喻荣华富贵。
堪：可以，能够。
直须：不必犹豫。

作家介绍　杜秋娘，唐代金陵人。杜牧有《杜秋娘诗》简述她的身世。

佳句背囊　"人面不知何处去，桃花依旧笑春风。"
出自唐代诗人崔护的《题都城南庄》，同样是脍炙人口的诗篇。桃花美艳，但不及美人万一，可惜重寻不遇。虽然桃花依然在春风中摇曳，但是当年的人已经错过，不再回来。

本文作者
无明者，漫漫医学路上追求光明的一员，爱星辰大海，也爱眼前的一切。

春日游，杏花吹满头。
陌上谁家年少，足风流

思帝乡·春日游

（唐）韦庄

春日游，杏花吹满头。陌上谁家年少，足风流。

妾拟将身嫁与，一生休。纵被无情弃，不能羞。

◎ 诗临其境

韦庄这首《思帝乡·春日游》，以白描手法勾勒出一名少女对美好感情的向往。

那是一个明媚的春日，她和女伴一起去郊外游玩。有微风拂过，在树下的人儿，就落了满头杏花瓣。

和女伴正嬉笑玩闹着，她无意中一瞥，留意到了一位正在赶路的少年郎，风流俊美，宛若天人下凡。

"如果我能嫁给这样的人，这一生再无所求。"她看着少年郎渐渐远去的身影，痴痴地想。"纵然有朝一日，会被冷落，会被休弃，也无怨无悔。"

◎ 一句钟情

"春日游，杏花吹满头。陌上谁家年少，足风流。"

这句词描绘了一种极美的春日场景。春日，正是生命觉醒之时，万物萌发，朝气蓬勃。一个"游"字，更是联动着这一片盎然生气。杏花，点明是早春时节。吹满头，表现花开极盛，缤纷飞舞的景象。同时，"吹"字还给人一种活泼欢快的感觉。"陌上谁家年少"，点明地点、人物及其关系。"足风流"三个字，将美好与爱慕表现得淋漓尽致。人与景相衬托，表现出了一种清新明快的生活气息。

◎ 诗歌故事

唐末，群雄纷争。韦庄作为一个读书人，屡试不第，又逢黄巢起义。战乱中，他从长安逃到了洛阳。在洛阳，他写下了《秦妇吟》，一首迄今为止发现的唐朝最长的叙事诗。他借一名秦妇之口，为人们描绘了战乱中的长安，以及普通百姓在战乱中所遭遇到的苦难。

《秦妇吟》在当时引起了很大的轰动，韦庄从此名声大噪，再次参加科举，中了进士，后在节度使王建手下做事。

在朱温自立为帝，唐朝灭亡后，王建也在成都称帝，国号"大蜀"，史称"前蜀"，并任命韦庄为宰相。而《秦妇吟》因为立意和当政者有些冲突之处，自此被韦庄本人下令封禁。

从此以后，韦庄的词里就少了些铁马金戈和百姓悲声，多了些风花雪月、闺怨闲愁。这其实也不该怪他，身处乱世，即使为一国宰相，也是常常要担心朝不保夕的。他要考虑自己的身份地位，因此很多话不能说，不敢说，更不得将之付诸笔端。

在他另一首作品《菩萨蛮》中，"人人尽说江南好，游人只合江南老"的最后，竟然是"未老莫还乡，还乡须断肠"。

是江南真的好吗，竟让他如此乐不思蜀？不过是，再也回不去了，那里哀号满地，遗尸遍野，想想已让人肝肠寸断。

在这首词中，面对乱世，面对昨日生今日死的世事无常，韦庄借女儿家之口，表达自己的人生追求："妾拟将身嫁与，一生休。纵被无情弃，不能羞。"如果能实现心中的理想抱负，他的一生再无所求，即使最后下场惨淡，也绝不后悔。这是中国文人中常有的一种报国理想。

在担任王建宰相的三年之后，75 岁的韦庄与世长辞。他也确实使得前蜀成为当时实力最强的割据势力之一，只不过好景不长，前蜀也如秦一般，二世而亡。

无障碍阅读

思帝乡：又名《万斯年曲》，唐玄宗时教坊曲名，后用作词牌。

陌（mò）：田间东西方向的道路，这里泛指道路。

作家介绍

韦庄（约836—910），字端己，京兆杜陵（今陕西西安）人，晚唐诗人、词人、五代时前蜀宰相。苏州刺史、诗人韦应物四世孙。进士，出任校书郎。后入蜀为王建掌书记，自此终身仕蜀。王建称帝后升任宰相。官终吏部侍郎兼平章事。韦庄工诗，"花间派"代表作家，与温庭筠并称"温韦"。所著长诗《秦妇吟》与《孔雀东南飞》《木兰诗》并称"乐府三绝"。有《浣花集》《浣花词》。

佳句背囊

"暮春者，春服既成，冠者五六人，童子六七人，浴乎沂，风乎舞雩，咏而归。"

出自《论语》。有一天，孔子和弟子们谈论志向，他说人生最高兴的事，是经历了寒冬，来到温暖的四月，把厚重沉闷的冬服换下，穿上鲜艳的春装，老老少少一起去河里游泳，一起在风中跳舞，最后一路唱着歌回到家中。

孔子并不是一个只讲修身治国的人，他对生活本身也有一种热爱。这种热爱与功名利禄无关，爱的是友人相聚，爱的是山河湖海，爱眼前的生命。

本文作者

两块方糖，一名立志把学习、健身和做蛋糕不放糖当成终身事业的女玩家。

少年不识愁滋味，为赋新词强说愁

丑奴儿·书博山道中壁

（南宋）辛弃疾

少年不识愁滋味，爱上层楼。爱上层楼，为赋新词强说愁。

而今识尽愁滋味，欲说还休。欲说还休，却道天凉好个秋。

◎ **诗临其境**

　　读辛弃疾的作品，就像品一杯清冽，初读时虽然清冽，却总觉得少了点精气神；微微咋舌后稍显唇齿留香，只是依旧不得要领；只有闭上眼睛细细品味，才忽觉通体舒泰，酣畅淋漓；等到渐渐尝过人生百味，再回想方知大音希声，最让人叹服。

　　正如词中所言：

　　少年时期根本不知愁为何物，只是喜欢像前辈们一样登高望远，甚至为了新写一篇华丽的文章而无病呻吟；后来饱经沧桑见惯了愁，却想说说不出，只能感叹一句好个寒凉的秋天。

好一幅愁肠百结欲哭无泪的画卷，经词人用平淡克制的手法勾勒后，初读只觉得说愁而已，等到领悟其中一二时才惊觉已是词中之人，想说说不得只能顾左右而言他。

当代历史学家、文学家邓广铭先生曾评价，辛弃疾是一个"胸怀中燃烧着炎炎的烈火轰雷，表面上却必须装扮成一个淡泊冷静、不关心时事和世局的人"。辛弃疾的词最擅长用平淡的语言诉说壮阔的情感，就像是一块裹着石皮的顽金，越是经历风吹雨打、岁月洗刷，就越是珍贵耀眼。

◎ 一句钟情

第一次读到这首《丑奴儿》时，被一句"爱上层楼，为赋新词强说愁"直击本心，觉得词人把少年的心思抓得很准。少年人认为所有被人们津津乐道的作品不外乎"远"和"愁"，远是远望、远见、远景……愁是离愁、情愁、国愁……

没有经历时间的磨砺，没有太多阅历可供挖掘，就只能为写一首或华丽或深沉的新词效颦学步般"上层楼""强说愁"，以为这样的文章才会有深度有广度，才是好文章。出发点和手段都那样纯粹，当真是"不识愁滋味"。

等到多年以后某个夜晚再偶然想起，方懂"欲说还休"味道之一二，始觉这秋凉的透骨。诗人略带克制的一句感慨，一声叹息，休了呆板的"苦"，却说了灵动的"愁"，让这萧瑟的秋天如同炫技一般巧夺天工妙不可言。

从文学层面来说，在"少年愁"衬托之下的"而今愁"更显刻骨。

少年时候意气风发，就连愁都只是用来酝酿情绪的手段；如今饱尝辛酸无奈，浓愁深悲——落在肩头逃不脱挣不开。想要与人诉说，却早已知道任何人用任何宽慰的话都只能是隔靴止痒。没有亲历的人又哪里晓得这痛苦远比想象中更加凶猛浓烈，说出来只是让对方徒增烦恼而已。

想说不能说，只有咬牙咽下所有苦水、抿紧嘴唇扛起所有愁苦，轻轻道一句"今天天好凉"。联想辛弃疾的一生，猛然发现这句"天凉好个秋"更是点睛之笔，看似平淡至极的一句，居然装下了整个风雨飘摇的南宋江山里所有惆怅和悲凉。

◎ 诗歌故事

当时的南宋内忧外困，金人在北方虎视眈眈，随时准备南下，满朝文武早已被金人打破了胆一心求和。唯一善战敢战的辛弃疾，又因多年主战被弹劾罢官。

创作这首《丑奴儿》时，辛弃疾正隐居带湖，过去"壮岁旌旗拥万夫，锦襜突骑渡江初"的峥嵘岁月在回忆中一遍遍回放，曾经"看试手，补天裂"的满腔热血却被现实的牢笼困在"稼轩"之中。心中"万卷平戎策"都换成了"东家种树书"，除日日北望外什么都做不了，其中愁苦可想而知。

正如鲁迅先生所言："真的勇士，敢于直面惨淡的人生，敢于正视淋漓的鲜血。"

辛弃疾就是这样一个勇士。

虽然屡次被朝廷抛弃，尽管不满"元嘉草草，封狼居胥，赢得仓皇北顾"，却还要问一句"廉颇老矣，尚能饭否"。

只有这样敢于面对生活，敢于面对迫害，看遍风起云涌却始终初心不变的勇士，才能说出"男儿到死心如铁"，才能这样写出历久弥香回味无穷的诗句吧。

作家介绍 辛弃疾（1140—1207），字幼安，号稼轩，济南府历城县（今山东济南历城）人。南宋豪放派词人，有"词中之龙"之称。与苏轼合称"苏辛"，与李清照并称"济南二安"。著有《稼轩长短句》。

佳句背囊 "近乡情更怯，不敢问来人。"
出自唐代诗人宋之问的《渡汉江》，全诗描写了诗人长年离家在外，关于故乡音讯全无，眼看着渡过江就回家了，内心迫切地想知道故乡的情形，却犹豫踌躇不敢问路上来自故乡的人。
明明是思乡，却只字未提"思"，反而用"情更怯""不敢问"这种似是而非的词来形容思念，实在是妙不可言。

本文作者

闻仁：好读书不能甚解的文盲青年。

一川烟草，满城风絮，梅子黄时雨

青玉案

（北宋）贺铸

凌波不过横塘路。但目送、芳尘去。

锦瑟华年谁与度？

月桥花院，琐窗朱户，只有春知处。

碧云冉冉蘅皋暮。彩笔新题断肠句。

试问闲愁都几许？

一川烟草，满城风絮，梅子黄时雨。

◎ **诗临其境**

北宋词人贺铸一生怀才不遇，只做过些芝麻绿豆的小官，干脆就把毕生郁郁都寄托在诗中，与历史长河中各代不得志的"同病相怜"者们隔空抚慰。贺铸写词总能将截然对立的事物用堪比神迹的手法做到和谐统一，就像他本人，明明长相奇丑，面色青黑犹如"鬼头"，却总能写出"雍容妙丽，极幽闲思怨之情"。

这首《青玉案》亦然：

一位美丽的女子轻移莲步从横塘轻轻走过，我只能呆呆目送她带着芬芳离开。是谁这样幸运能和你共度这锦绣年华？是在月下桥边种满鲜花的院落里？还是带有琐窗的朱门大户？怕只有春才能知道吧。

天上云彩翻飞日薄西山，我用手中可以生花的妙笔准备新题一首相思断肠小诗。要是问我愁情究竟有多少？你看这一望无际的烟草地，你看这满城翻飞的飘絮，你看这梅子黄时的漫天绵绵细雨。

◎ 一句钟情

"一川烟草，满城风絮，梅子黄时雨。"

这句景色描写若是单看，只能看出诗人深厚的功底，却少了几分灵魂，略显干瘪。可是别忘了还有"试问闲愁都几许"，若两句一起品读，便马上豁然开朗惊为天人。

"闲愁"，不是离愁不是穷愁，是因为漫无目的才生出的相思。那这闲愁到底有多少？诗人自问自答又似答非答。

南宋著名词人张炎说："词中一个生硬字用不得，须是深加锻炼，字字敲打得响，歌诵妥溜，方为本色语。如贺方回、吴梦窗，皆善于炼字面，多于温庭筠、李长吉诗中来。"这里的方回便是贺铸，可见其对用词造词的精练准确。

用飘摇的烟草、翻飞的风絮和连绵的细雨这种弱小繁多的事物形容闲愁，让只可意会的抽象之物变得可以言传，让原本无迹可寻的情绪变得有形有质。

"一川""满城"到漫天风雨，层层递进无穷无尽，给人无限遐想又意犹未尽。

同时不论"烟草"还是"风絮"，都乃随风飘摇不可长久之物，至于梅雨季节的绵绵细雨更是来也快去也快。既描绘出虚无缥缈的愁情，也表达出诗人不肯屈服于多情，不甘困于外物的韧性。

就像早已年过花甲的诗人万万不可能真对一个妙龄女子动心，他只是用"香草""美人"象征高洁，这闲愁也像那无根之物般终不得长久。

◎ 诗歌故事

贺铸这首《青玉案》在当时引起极大的反响，大家读到这句"梅子黄时雨"时皆拍案叫绝。

其中有一位叫郭功父的人和贺铸私交甚好，两人经常互相戏谑。一次郭功父到贺家做客，看到头发早已稀疏的贺铸头上绾了一小小发髻，便打趣道："这个就是'贺梅子'了！"

贺铸反唇相讥，将着郭功父雪白的络腮胡子说："你这就是'郭训狐'了吧？"原来郭功父诗中有"庙前古木藏训狐，豪气英风亦何有"句，"训狐"是一种鸟，羽毛为花白色，与郭功父的胡子倒也相似。

自此之后，"贺梅子"的大名便像乘风驾云一般传遍天下，一时间无人不知"梅子黄时雨"，后世便也出现了无数贺铸的粉丝。

　　1986 年，胡适先生出版《胡适选注的词选》中没有收录贺铸词，就引起著名词学家龙榆生的不满。他专门撰文《论贺方回词质胡适之先生》，认为贺铸"在（苏）东坡、（周）美成间，特能自开户牖，有两派之长而无其短"。

　　由此可见贺铸影响力之一斑。

无障碍阅读

凌波：形容女子步态轻盈。
横塘：在苏州城外，是作者隐居之所。
琐窗：雕绘连环花纹的窗子。
朱户：朱红的大门。
蘅（héng）皋（gāo）：长着香草的沼泽中的高地。
一川：遍地，一片。
梅子黄时雨：江南一带初夏梅熟时多连绵之雨，俗称"梅雨"。

作家介绍　贺铸 (1052—1125)，字方回，人称"贺梅子"，自号"庆湖遗老"。出生于卫州（今河南卫辉）。北宋词人，宋太祖贺皇后族孙。相貌奇丑，有才气，词作风格多样，兼有豪放、婉约二派之长，能够锤炼语言，并善于融化前人成句。代表作有《青玉案·凌波不过横塘路》《鹧鸪天·重过阊门万事非》等。

佳句背囊

"问君能有几多愁，恰似一江春水向东流。"
出自南唐后主李煜的《虞美人》，是其代表作，也是绝命词。全词不加粉饰不用辞藻、典故，纯以意境取胜，其中又以此句最为经典。"问我能有多少哀愁，就好像整整一江春水浩浩荡荡地向东流去。"李煜笔下的愁不再是一种情绪，而是成了波涛汹涌奔流不息的江水，让人一眼便能体会词人那泛滥的愁绪。

"只恐双溪舴艋舟，载不动、许多愁。"
出自宋代女词人李清照《武陵春·风住尘香花已尽》，意为：怕的是双溪上那蚱蜢般的小船载不动自己内心沉重的哀愁。词人一样化无形为有形，浓浓的哀愁竟似有了分量，可以想象连溪上的小船都载不动的哀愁到底有多么愁。

本文作者

闻仁：好读书不能甚解的文盲青年。

流光容易把人抛，红了樱桃，绿了芭蕉

一剪梅·舟过吴江

（南宋）蒋捷

一片春愁待酒浇，江上舟摇，楼上帘招。

秋娘渡与泰娘桥，风又飘飘，雨又萧萧。

何日归家洗客袍，银字笙调，心字香烧。

流光容易把人抛，红了樱桃，绿了芭蕉。

◎ 诗临其境

蒋捷是南宋进士，南宋灭亡后，他深怀家国之痛，隐居不仕，人们尊他为"竹山先生""樱桃进士"，他的高尚气节尤其为人们所敬重。

蒋捷的这首词写客中离愁，上阕多用景物衬托，下阕则任想象飞驰，虽以感慨结尾，却又营造出一个极美的意境，令人心生暖意：

船在吴江上漂荡，我满怀羁旅的春愁，看到岸上酒帘子飘摇揽客，便想借酒消愁。

船经过令文人骚客遐想不尽的胜景秋娘渡与泰娘桥，眼前一片风雨令人烦恼，没有好心情欣赏景致。

哪一天才能回到家，洗净客袍风尘，结束客游劳顿的生活呢？哪一天能和家人团聚在一起，调弄镶有银字的笙，点燃熏炉里心字形的盘香？

时光容易流逝，使人追赶不上，樱桃才红熟，芭蕉又绿了，春去夏又到。

"何日归家洗客袍，银字笙调，心字香烧"，这意境像极了李商隐的"何当共剪西窗烛，却话巴山夜雨时"。

久别的人儿盼重逢。离家越久，思念越深，归家的心情就越迫切。因为，风雨人生，只有家才是温馨的港湾。

◎ 一句钟情

"流光容易把人抛，红了樱桃，绿了芭蕉。"

少年时读蒋捷的这首词，特别喜欢词尾这一句"流光容易把人抛，红了樱桃，绿了芭蕉。"

这是多么美好的意境，樱桃红，芭蕉绿，时光安然，岁月静好。

忽而人到中年，回头再读这首词，不由得胆战心惊。才发现少年的我忽视了那句"流光容易把人抛"。

年少时，欣赏和喜欢的往往都流于事物的表面——红了樱桃，绿了芭蕉；而今，人到中年的我看到的却是词的本义——流光容易把人抛。

流年似水，韶华易逝。时间都去哪了？匆匆就是这么多年。

小时候，日子过得总是很慢，等一朵花开要挨过好多个白天黑夜，盼一个年节要掰着指头数很多天，就连礼拜天都觉得遥遥无期。

当岁月的年轮在流年里一圈一圈漾开，一切忽然都成了光阴的故事，时间它长了腿和脚，从未为谁稍作片刻停留，唯有且行且珍惜。

◎ 诗歌故事

"流光容易把人抛，红了樱桃，绿了芭蕉。"年华似水，光阴易逝，这是一句警醒世人珍惜时间的词。

人生行至暮年，蒋捷又写了一首《虞美人·听雨》，极好地概括了人生的三个重要阶段，再次提醒人们要珍惜倏忽即逝的大好时光：

> 少年听雨歌楼上，红烛昏罗帐。
> 壮年听雨客舟中，江阔云低，断雁叫西风。
> 而今听雨僧庐下，鬓已星星也。
> 悲欢离合总无情，一任阶前，点滴到天明。

蒋捷通过这首《虞美人·听雨》，以三幅象征性的画面，概括了从少年到老年在环境、生活、心情各方面所发生的巨大变化，写尽了一生的况味。

少年，壮年，暮年，人生的三个不同时期，完全是三种截然不同的心境，读来使人倍增感慨。

整首词，就像电影的三个蒙太奇画面，展示出三种不同的人生境遇，拼起来便是词人漫长而曲折的一生。

白驹过隙，光阴荏苒。原来，人生真的没有那么多的来日方长，从青春到皓首也不过花开花落几十载春夏秋冬而已。

流光容易把人抛，红了樱桃，绿了芭蕉。无他，人生唯有"珍惜"二字。

无障碍阅读

秋娘渡：吴江渡。
银字笙：管乐器的一种。
心字香：点熏炉里心字形的香。
断雁：失群的孤雁。
星星：形容白发很多。
无情：无动于衷。
一任：听凭。

作家
介绍
　　蒋捷（约1245—1305后），字胜欲，号竹山，阳羡（今江苏宜兴）人；南宋词人，进士；南宋灭亡后，隐居不仕，人们尊称他为"竹山先生""樱桃进士"；他擅长填词，与周密、王沂孙、张炎并称"宋末四大家"。

 佳句背囊

"今年花胜去年红，可惜明年花更好，知与谁同？"出自欧阳修的《浪淘沙·把酒祝东风》，意思是今年的花红胜过去年，明年的花儿肯定会更加美好，可惜不知那时将和谁一起游览？

这句词和"流光容易把人抛，红了樱桃，绿了芭蕉"有异曲同工之妙，时光易逝，珍惜眼前人，珍惜时间。

本文作者

掩卷茶当酒，隔帘雨打窗，我是刘玲子 Candy，期待在文字中遇见更好的自己。

第三辑

金石质

生活不可能一帆风顺，有志者总能不畏浮云，愿你将那些突袭的风雨，都读成一点浩然气。

时人不识凌云木，直待凌云始道高

小松

（唐）杜荀鹤

自小刺头深草里，而今渐觉出蓬蒿。

时人不识凌云木，直待凌云始道高。

◎ 诗临其境

　　杜荀鹤是晚唐著名现实主义诗人。他提倡诗歌要继承风雅传统，反对浮华诗风，他的诗作语言平易自然，文风朴实明畅，内涵入理深刻。因他身处晚唐乱世，其诗作多以反映乱世之中人民的悲苦生活为主。

　　杜荀鹤出身寒微，却饱读诗书，满腹才华。他最大的不幸就是生错了年代，生逢藩镇混战的唐末乱世，即便满怀救国安民的伟大抱负，也无法实现。因为等他历经十年寒窗，准备进京考取功名时，却赶上了黄巢起义军席卷中原大地。不得已，他从长安回到老家，过着"一入烟萝十五年"的隐居生活。等到黄巢起义平息，杜荀鹤再次进京参加应试，终于考取了进士第八名，正准备一展自己的才华抱负时，又赶上了朱温、李克用等藩镇军阀大混战，不得已他又回老家继续种地放牛去了。

后来，这位乱世才子在各路枭雄的威逼利诱下，做起了军阀们的文书，依附过杨行密、田頵、朱温等军阀。最后，在"混世魔王"朱温手下战战兢兢度过余生。我们想想，面对这么一群"杀人不眨眼"的乱世枭雄，诗人的伟大抱负能实现吗？

我们仿佛看到，诗人身处乱世，举目四望，看到的是"千里无人烟，白骨露于野"的凄惨画面。面对生活在水深火热中的广大人民，诗人救国安民的一腔抱负始终无法实现。即便自己满腹才华又有什么用呢？在这个有兵就是"草头王"的时代，这些军阀能发掘自己的治世才华吗？

诗人报国无门，于是作《小松》以自慰：

松树小的时候长在深草中，被杂草埋没得看不出来。

直到现在才发现小松苗已经长得比蓬蒿高出了许多。

世上的一般人哪里认识这是将来可以长大的松树。

一直要等到它已经长得高耸入云了，才认识到了它的伟岸。

◎ 一句钟情

"时人不识凌云木，直待凌云始道高。"

这句诗，托物言志，富含哲理。

我们都知道，松树是林木中的英雄和壮士。在数九寒天，万木凋零的时节，唯独松树苍翠挺拔，傲然面对雨雪风霜。但是这凌云的巨松却是由刚出土的小松苗成长起来的。而一般人却认识不到它的将来，直到它长成参天巨树，人们才发现了它的高大伟岸。

大松凌云，已经成才，称赞它高，也是凡人之见。只有在它尚幼小，和小草一样貌不惊人时，如果能识别它就是将来的伟岸大树，而加以爱护、培养，那才是有见识，识才用才的明主。然而世俗之人（朱温之流的军阀）所缺少的正是这个见识，所以诗人感叹说：眼光短浅的人，是不会把小松看作栋梁之材的，有多少小松苗由于时人不识，而被摧残啊！

在这两句诗中，杜荀鹤以埋没深草里的"小松"自比，面对唐末乱世，庙堂之上的唐懿宗昏聩无能，不理朝政，致使奸佞横行，忠良被埋没；地方上藩镇割据、军阀混战，致使民不聊生。又有谁能识得自己的才干呢？由于诗人观察敏锐，体验深切，诗中对小松的描写，在情感和形象，象征与言志方面得到有机的统一，字里行间，充满哲理。

◎ **诗歌故事**

普通人性的特点是：当看到一个人功成名就时，就马上顶礼膜拜，给予鲜花和掌声；却看不起当下正在平凡的岗位上，默默无闻工作的草根们。却不知，在这些凡夫草根中，也可能蕴含着未来的超级英雄。

1995 年，一个其貌不扬的老师从他就职的学院辞职，拿出自己辛苦积攒的六七千元，和借来的一万多元，在众人的鄙夷目光中，创建了一个不起眼的电脑服务公司，公司只有三名员工，分别是他、他的妻子和一名落魄青年。

谁能想到，短短十余年的时间，他的这家毫不起眼的公司却能在香港联交所主板挂牌上市。如今，他更成为中国富豪榜的 Number One，他的名字叫马云。

"时人不识凌云木，直待凌云始道高"告诉我们，不要轻视身边每一个平凡的你我他，要善于从细微、平凡的"小苗子"中发现未来能长成"参天巨树"的"好苗子"。要在日常工作生活中善于发现人才，培养和锻炼人才，为人才的成长提供良好的社会环境。同时，年轻一代也不要好高骛远，总抱怨自己"输在起跑线上"，而要脚踏实地，实实在在干事业，要知道，高耸凌云的参天巨木也成长自平凡微小的小树苗。

无障碍阅读

蓬蒿（péng hāo）：飞蓬和蒿子，可理解为杂草丛。比喻草野民间。

杜荀鹤（846—904），字彦之，自号九华山人，池州石埭（今安徽石台）人，晚唐著名的现实主义诗人，他的诗，多反映晚唐时期的混乱黑暗，以及劳动人民由此而深受的战乱之苦。

佳句背囊

"千里马常有，而伯乐不常有。故虽有名马，祇辱于奴隶人之手，骈死于槽枥之间。"

出自唐代韩愈的《马说》。杜荀鹤笔下的小松，和韩愈笔下的千里马，有着同样的命运遭遇，"小松"和"千里马"都是因为缺乏能识别它们的"伯乐"而被终身埋没。二位作者托物言志，表达了他们怀才不遇的感慨和对封建统治者不能识别人才、致使人才埋没的愤慨。

本文作者

蔚峰，男，"80后"，山西省文水县人氏，现在省直机关下属单位工作。

秀干终成栋，精钢不作钩

书端州郡斋壁

（北宋）包拯

清心为治本，直道是身谋。

秀干终成栋，精钢不作钩。

仓充鼠雀喜，草尽兔狐愁。

史册有遗训，毋贻来者羞。

◎ 诗临其境

包拯以刚正不阿、清正廉洁流芳后世。

北宋时期，物质的充裕，勾起了私欲，让很多别有用心的人蠢蠢欲动，贪腐之风日益盛行。

面对周遭弥漫的这种不良风气，包拯在端州任知州时，特地写下此诗，以表明自己志向，同时也是为了劝诫世人。

透过诗句，我们仿佛看到，当时的包拯，虽处偏远之地，却仍心忧天下，于诗句中发出自己心底的呐喊：

清除自己的私心是治理事情的根本，刚直的品性道德是立身的宗旨。

优秀的大树终成栋梁之材（人才），精选的好钢材不愿做弯曲的钩子（变坏）。

仓廪丰实那些鼠雀兔狐之辈可高兴了，但如果没什么粮草（好处）就发愁。

在这方面史书上留下了许多的教训，希望我们这辈人不要做出使后人蒙羞的事情。

◎ 一句钟情

"秀干终成栋，精钢不作钩。"

这句诗，仅从字表面来看，朴实无华。

论文采，不如李白的"飞流直下三千尺，疑是银河落九天"般恢宏大气；论思辨，也不如张若虚的"人生代代无穷已，江月年年望相似"般蕴含哲理。

但这短短十个字，却是包拯一生真实的写照。

终成栋，关键在"终"。大多官员初入仕途时，都有为国为民的信念，可难的是，从始至终。不作钩，关键在"不"。人的一生，面对诱惑要敢于说不。一步踏错，步步错，开弓没有回头箭。

坚持几年不难，很多人都能做到。但坚持一辈子，很难。包拯他是这样说的，也是这样做的。

这两句诗论文采和思辨比不上其他诗句，但却有着非常重要的现实意义，所以能够一直以来被后人所传颂。

◎ 诗歌故事

提到包拯，大家第一印象都是黑脸。

但实际上包拯脸的颜色并不黑，只是因为他不管面对谁，不露笑容，都黑着脸。

后来这个形象被引入戏曲中，传到大街小巷，最后还给包拯的额头上加了个月亮。

包拯在人们的心目中，已非凡人之体，早已羽化登仙。

那么，包拯到底做了些什么事情，能在人们心目中有如此高的地位？

端州以产砚闻名于世，历朝历代都被作为贡品。

北宋的官员，大多是文人。他们看到好砚，对此自是垂涎。

于是许多非典型腐败滋生。

包拯之前的许多知府，都有雁过拔毛的行为，趁着自己经手，便以权谋私。他们命令制造工匠，不分昼夜地制造砚台。除了进贡给皇室的外，多的就用来办自己的事情。一是自己留着，写字时可以享用，二来也可以作为贵重礼品赠送上司，搞好关系，以求提拔。

包拯到任后，发现了这一问题。他命令制造的砚台只要满足上贡的就够了，没必要日夜加工，来加重劳动人民的负担。

有人为讨好包拯，特地留出多的砚台来赠送给他，说这仅仅是特产，又不是钱，收下没事的。

包拯对此是深恶痛绝，大声呵斥此种言论。收了砚台就能收书画，收了书画下一步就能收钱。

相比其他人离任时的收获满满，包拯却两手空空，留下"不持一砚归"的佳话。

"秀干终成栋，精钢不作钩。"既然坚定了信念，就要做到有始有终，绝不能有一点点的动摇。否则一个污点，就能毁坏你之前付出的所有努力。这大抵是包拯的这两句诗所要告诫我们的道理吧。

无障碍阅读

斋壁：郡守的府第。

直道：正直之道。

不作钩：不做弯曲的钩子。

毋贻（wú yí）：毋，不要；贻，有赠送和遗留两种意思，诗中作遗留、留给。

作家介绍 包拯（999—1062），字希仁，庐州合肥（今安徽合肥肥东）人，北宋名臣。进士，累迁监察御史，知开封府，升任枢密副使。曾任天章阁待制、龙图阁直学士，故世称"包待制""包龙图"；谥号"孝肃"，后世称其为"包孝肃"。有《包孝肃公奏议》传世。包拯公正廉明、铁面无私、英明决断，故世人尊称"包公"。又由于民间传其黑面形象，亦被称为"包青天"。

佳句背囊

"清风两袖朝天去，免得闾阎话短长。"

出自明朝清官于谦的《入京》，其中的"清风两袖朝天去"与"秀干终成栋"有相似之处，皆以物寓意，前者用"清风两袖"表明自己的清白，后者用"秀干"表明自己的信念，都表达了作者不愿和其他人同流合污，而是一心为国为民，要给后人留下好的榜样。

本文作者 ————

没人要的洋芋，湖南益阳人。身无半职，仍心忧天下的文史爱好者。

衣带渐宽终不悔，为伊消得人憔悴

蝶恋花

（北宋）柳永

伫倚危楼风细细，望极春愁，黯黯生天际。

草色烟光残照里，无言谁会凭阑意。

拟把疏狂图一醉。对酒当歌，强乐还无味。

衣带渐宽终不悔，为伊消得人憔悴。

◎ 诗临其境

在这首词中，柳永把漂泊中的孤单、落寞和思念紧紧联系在一起，通过写景，以景带情，利用细风、草色、烟光、残照等具体意象，充分抒发了即使身处劣境，依然坚持着自己的理想，对人和事也有着自己的执着，哪怕付出全部，也丝毫不后悔。

这首词的大致意思是说：

我伫立在高楼上，细细的春风迎面吹来，极目远望，不尽的愁思，黯黯然弥漫天际。夕阳斜照，草色蒙蒙，谁能理解我默默凭倚栏杆的心意？

　　本想尽情放纵喝个一醉方休。在歌声中举起酒杯时，才感到勉强求乐反而毫无趣味。我日渐消瘦也不觉得懊悔，为了你我情愿一身憔悴。

◎ 一句钟情

　　"衣带渐宽终不悔，为伊消得人憔悴。"

　　此句是柳永《蝶恋花》中最经典的一句。

　　这里有两点需要特别注意："消得"不是消瘦，而是"值得"。因为上一句中已经用"衣带渐宽"形容了消瘦，下一句再写"消瘦"极不恰当。柳永高明的用词技巧就在于，他用衣服宽来形容消瘦，而不是直接点出人瘦。"伊"并不仅仅指爱慕的人，有时也指目标和梦想。

　　人生漫漫长路，如果没有一个明确的目标，就不知道为什么而奋斗。没有目标的人生，就如一只无头苍蝇般四处乱撞。

　　有梦想和目标的人是幸福的，而实现目标的路径，很简单，用心过好每一天，不虚度光阴。

　　每天早上起来就知道自己要干什么，因为前一天晚上已经做好了规划。把当天的事情一件件完成时，那种成就感时时充盈着内心，让人更有力量坚定地走下去。

◎ 诗歌故事

柳永是北宋第一个专力作词的词人，由他开始，丰富了词的内容和风格，使词进一步通俗化、口语化，对词的后来发展起了决定性作用。

他幽默风趣，几次参加科举考试，却屡试不第。那首著名的《鹤冲天》中，"忍把浮名，换了浅斟低唱"最为人熟知。第三次考试明明可以中举，却被宋仁宗用笔勾掉名字，并说"且去浅斟低唱，何要浮名？"

失败后的柳永没有颓废，他直接扎根到民间，开启了词的创作。由于长期和市井接触，创作的词通俗易懂，易于传唱，并且把科举不顺、男欢女爱、游子离家等情绪都付诸词中，还自我解嘲"我是奉旨填词"。

这种不屈服于权贵和势力的处事态度，虽然是迫不得已，却也是他的一种反抗精神。每个人的一生中，都会有困难、挫折、迷茫、无助的时候，每个人面对逆境的不同态度，决定了每个人不同的人生。

当代作家梁衡在《读柳永》中说，柳永政道不通后，转而投向民间，在市井中成就了他的文名，在市井中充分发挥了创作才能。

柳永是北宋前期成就最高的词人，尤其擅长填写慢词。他是个全才，不光是创意之才，还是创调之才。在中国词史上能够像柳永这样，同时在创意和创调两个方面做出贡献的词人，都是少有的。苏轼、秦观等人都受到柳永的影响。难怪纪昀在《四库全书总目提要》中倍加推崇："诗当学杜诗，词当学柳词。"

柳永的出现为宋词的发展做出了巨大的贡献，给宋词的创作开辟了更广阔的天地，直到今天，《蝶恋花》《破阵乐》《采莲令》等词朗朗上口，让人回味无穷，这恐怕就是柳永的词带给我们的清新雅致的感受吧。

无障碍阅读

蝶恋花：原为唐教坊曲名，后用为词牌名。

伫：长时间地站立。

望极：极目远望。

黯黯（àn）：神情沮丧，情绪低落。

会：理解。

拟把：打算。

疏狂：狂放不羁。

强乐：勉强欢笑。强，勉强。

衣带渐宽：衣带是束衣服的带子，可理解为腰带。衣带显得宽裕，表明腰身瘦了。

消得：值得。

作家介绍

柳永（约984—约1053），原名柳三变，字景庄，后改名柳永，字耆卿，因晚年担任屯田员外郎，又称柳屯田；原籍崇安（今福建武夷山），北宋著名词人，婉约派的代表。有《乐章集》。代表作有《雨霖铃·寒

蝉凄切》《蝶恋花·伫倚危楼风细细》《鹤冲天·黄
金榜上》《八声甘州·对潇潇暮雨洒江天》等。

"相去日已远，衣带日已缓。"
出自《古诗十九首·行行重行行》，这首诗作来源于民间，
特点就是接地气，用"衣带日已缓"来形容人的消瘦，
没有用直白的语言说明人的消瘦，可谓高明。柳永的
词作，语意与此一脉相承。

本文作者

郑爱玲，爱读书，好奇心重，想逼自己更优秀，然后骄傲
地生活。

一点浩然气，千里快哉风

水调歌头

（北宋）苏轼

落日绣帘卷，亭下水连空。知君为我新作，窗户湿青红。

长记平山堂上，欹枕江南烟雨，杳杳没孤鸿。

认得醉翁语，山色有无中。

一千顷，都镜静，倒碧峰。忽然浪起，掀舞一叶白头翁。

堪笑兰台公子，未解庄生天籁，刚道有雌雄。

一点浩然气，千里快哉风。

◎ 诗临其境

　　苏轼被贬黄州时，认识了同遭贬谪的张怀民，二人一见如故。元丰六年（1083），张怀民筑亭观景，苏轼为之取名"快哉亭"，以表对好友的钦佩，并写下这首词相赠。

　　黄昏的光芒洒在亭中，挑起绣帘，将其卷在一旁，只见落日悬江，水面映着的红霞，在波光中碎开来，一直荡漾到了天边，水天就这样连成一片。

知道你这亭楼是为我而建造，窗户新涂的青红漆色，尚自流溢。透过余晖随着水，似乎流转到了当年的平山堂上，我们倚枕江南烟雨，望着孤鸿被朦胧淹没。此刻，我才体会到恩师欧阳修那句"山色有无中"。

江水似无边际，清如明镜，映照着四围碧山，忽然风吹浪起，掀舞着一叶孤舟，舟中白头老翁却于浪中从容。可笑那兰台令宋玉，不解庄周为何称风为"天籁"，非说风有雌雄。

其实，只要心存浩然之气，无论处于何种境界，任江湖波浪滔天，亦能坦然自若，感受到无穷快适之风。

◎ 一句钟情

"一点浩然气，千里快哉风。"

短短的十个字，却蕴藏着崇高的精神和积极的人生态度。这既是对张怀民的称赞，也是对自己的勉励。浩然之气，在"一点"与"千里"的对比中更显宏大。

孟子曾说自己"善养浩然之气"，而所谓浩然之气，是仁、是义、是忠、是勇，更是刚正之心，是驱散黑暗的光明。

苏轼便是怀着这种浩然之气，行走在世间，面对排挤、贬谪，他始终没有违背自己的初心。在众人看来的不公与艰险，在苏轼眼中，皆是快哉之风，他竹杖芒鞋，踏过泥泞，在风雨中微笑前行。

◎ 诗歌故事

很多人，都曾是苏轼。

他们心怀正义和光明，想要驱散世间的不公与黑暗，他们曾勇敢地和奸邪搏斗，想秉持自己的原则。可是，当黑暗侵蚀，当邪恶难以招架，当苦难加于身时，他们开始害怕、怀疑、动摇。

然后，他们退缩妥协、独善其身，学会了圆滑世故，甚至变得和那些讨厌的人一样。

譬如元稹，年轻时也曾刚正不阿，即便受到排挤和贬谪，他依然耿介忠直，然自元和五年（810）的贬谪，他被排挤在偏远州郡十年之久，在无数个孤灯冷雨的煎熬之中，他对那些曾经坚持的东西产生了动摇。

十年之后，元稹奉诏还朝，只是，那个意气风发、直言进谏的书生早已不见，取而代之的，是一个善于权谋的大臣。

我们也曾是那个激扬文字的少年，怀揣着理想和信念，嗤笑权贵与金钱。我们如一股清泉，从青山幽谷流向世俗，可最后都染成了五颜六色。

最终，我们都没有像苏轼那般，怀着一点浩然之气，穿过人生中那片风雨。自然，也无法领略那千里快哉之风。正因为如此，我们才对苏轼怀着无尽敬佩之情。

当然，我相信，也有许许多多的人，他们没能像苏轼一般，为世人瞩目，可是他们也善养自己的浩然之气。因为我们的世界是光明而美好的，所以心存浩然之气的人，也是占绝大多数的。

他们或是张怀民，或是那江上从容驾着扁舟的老翁，或是你，或是我。浩然之气，永远不会消散，永远不会断绝，他们在芸芸众生间，照耀着这方世界。

无障碍阅读

湿青红：指所涂的青油朱漆未干。
欹（yī）枕：靠着枕头，诗中指躺卧着看。欹通"倚"。
兰台公子：指战国楚辞赋家宋玉，相传曾作兰台令。
天籁（lài）：籁是一种乐器。天籁指大自然发出的声音。

佳句背囊

"天地有正气，杂然赋流形。"
出自文天祥《正气歌》，意思天地之间有正气，它赋予万物而变化为各种形态，赋予人的，是浩然之气。文天祥和苏轼一样，都是怀着浩然之气行走于世间，所以他们都被青史铭记。

本文作者

程昌雄，头条号"国风美诗文"，专注于古典诗歌赏析与理论的创作，现为新国风诗社社员。

宁可枝头抱香死，何曾吹落北风中

寒菊

（南宋）郑思肖

花开不并百花丛，独立疏篱趣未穷。

宁可枝头抱香死，何曾吹落北风中。

◎ 诗临其境

郑思肖，宋末诗人、画家，以墨兰画闻名。

郑思肖原名郑因之，20 岁成为太学（中国古代的国立最高学府）优等生，参加过博学宏词考试，担任过和靖书院山长（讲学者）。

南宋灭亡后，为了表示思念故国之心，作者郑因之改名郑思肖，因肖是宋朝国姓"赵（趙）"的组成部分。

郑思肖擅长作画，某日，在画完一幅菊花图后，写了这首诗。

读此诗，仿佛看到郑思肖学习伯夷、叔齐不食周粟的精神，不愿向蒙古统治者臣服：

菊花盛开在秋天,从不与百花为伍。独立长在稀疏的篱笆旁,意趣并未减少。宁可在枝头枯萎而死,也绝不会被凛冽的北风吹落。

◎ 一句钟情

"宁可枝头抱香死,何曾吹落北风中。"

这句诗,壮烈激昂,大气磅礴。

"北风"是一语双关,百花凋零,只有菊花勇于直面凛冽的北风;虽然南宋降将众多,即便已经亡国,郑思肖都不会屈服于来自北方的蒙古统治者。

这句诗托物言志,表达了诗人至死不渝的爱国情怀。

坚韧不拔,傲然不屈,又何止是郑思肖独有的精神,还有"怒发冲冠"的岳飞,"尚思为国戍轮台"的陆游,"男儿到死心如铁"的辛弃疾, "人生自古谁无死"的文天祥……

◎ 诗歌故事

"宁可枝头抱香死,何曾吹落北风中。"

这首诗,初看是在写菊花,实际就是作者郑思肖在比喻自己。

公元13世纪,蒙古军横扫欧亚各国,战无不胜。1241年,蒙古西征军队击败波兰联军,郑思肖也就出生在这一年。

1267年,蒙古开始攻打襄阳,历时6年,襄阳保卫战以襄阳失陷而告终,此后,南宋已毫无抵抗之力。

郑思肖来到临安，向皇帝上疏，痛斥朝廷官员尸位素餐，误国误民，请求革除弊政，重振国威。

而此时的南宋，皇帝荒淫无度、懦弱无能，朝廷奸佞当道、政治腐败，衰颓国势没有因为一个诗人的奏折而改变。

1279年，崖山海战宋军彻底战败，左丞相陆秀夫背着8岁的皇帝跳海而亡，南宋覆灭。

南宋灭亡后，郑思肖不承认蒙古统治者的统治，生活中处处表达自己的思国之情以及对大宋的忠诚。不仅改名思肖，连书斋也改名"本穴世家"，因为将"本"字的笔画"十"移入"穴"字下面，即为"大宋"两字。

平日里，郑思肖不管是坐着还是躺着，都是向南背北；逢年过节，都要面对南方祭拜；出门会友，听到蒙古语就掩耳离开；所有的兰花画作也无土无根，寓意南宋失去国土根基。

他曾在自己的画像上题赞曰："不忠可诛，不孝可斩，可悬此头于洪洪荒荒之表，以为不忠不孝之榜样。"

临死前，嘱咐朋友在自己的牌位上写上"大宋不忠不孝郑思肖"。

明朝末年，有人在苏州承天寺的深井内发现了一个铁盒子，里面是一本书稿，外著《大宋铁函经》五字，内题"大宋孤臣郑思肖再拜书"，这便是郑思肖的作品集《心史》，里面记录了南宋爱国者的英勇斗争和卖国者的种种丑行，字里行间无不透露郑思肖眷念故国的深情和傲然挺立的民族气节。

无障碍阅读

抱香死：菊花凋谢后不落，仍系枝头而枯萎，所以说"抱香死"。喻指作者自己不屈的情操。

何曾：哪曾、不曾。

北风：此处一语双关，既指自然界的北风，也指来自北方的蒙古统治者。

作家介绍

郑思肖（1241—1318），本名因之，别名郑所南、菊山后人、三外野人，南宋诗人、画家，连江（今福建福州连江）人。郑思肖擅长作墨兰，花叶萧疏而不画根土，寓意南宋失去国土根基。著有《心史》《郑所南先生文集》《一百二十图诗集》等。

佳句背囊

"土花能白又能红，晚节犹能爱此工。宁可抱香枝上老，不随黄叶舞秋风。"

出自南宋女诗人朱淑真《黄花》，"宁可抱香枝上老，不随黄叶舞秋风"与"宁可枝头抱香死，何曾吹落北风中"有共通之处，同为典型的借物言志，朱淑真借此表达自己内心的一种坚定的品格。

本文作者

黄俊，系北京大成（武汉）律师事务所律师。

忽然一夜清香发，散作乾坤万里春

白梅

（元）王冕

冰雪林中着此身，不同桃李混芳尘。

忽然一夜清香发，散作乾坤万里春。

◎ **诗临其境**

　　课文《少年王冕》中被称作"画荷花高手"的主人公原型
就是本诗的作者王冕，只不过历史上的王冕是"梅花创作高手"。
王冕是元朝的著名画家、诗人、篆刻家，正如其号煮石山农、
梅花屋主等一样，王冕屡试不第后的隐居生活都与山农、梅花
有关，也因此赋予了他的梅花诗画作品以质朴的生活气息，一
句话来说就是比较接地气。

　　本诗是一首七言绝句。诗的前两句名义上是在写冰雪林中
的高洁白梅不愿与混迹世俗尘埃中的普通桃李为伍，实际上是
诗人以梅自况，恰与其拒绝做官隐居山林相像。

　　然而，诗文的后两句则又描述了白梅的报春，即使白梅生

活在冰冷的树林中，也会忽然一夜之间花香四溢，让那传遍天下的芳香为人们带来春的消息。

整首诗虽然寥寥数语，但是这个甘于做山野村夫的大诗人用白梅报春这种最朴实无华的比喻，完美地表达了自己坚贞不屈却又愿以默默无闻的奉献造福于民的品格。

◎ 一句钟情

"忽然一夜清香发，散作乾坤万里春。"

本诗的亮点在于"前后矛盾"，而矛盾点就在于后两句"忽然一夜清香发，散作乾坤万里春"。

前两句是实实在在的托物言志，抒发了诗人坚守情操，不愿与世俗同流合污的高尚品德，此类写法在诗文中较为常见，如梅兰竹菊等都是常用的言志之物。

关键在于后两句体现的"白梅报春"的情景转折以及"乾坤万里"的无限胸襟，它恰如其分地表达了诗人虽然自甘寂寞，却又心系天下的无私奉献精神，表现了中国古代知识分子普遍存在的一种出世与入世的精神矛盾。

简单来说，后两句真切表达了王冕是一个思想矛盾的人，他给人以高洁脱俗的形象但又胸怀大志，明明厌弃尘俗拒绝做官，却又深切关怀祖国的命运以及人民的疾苦，也就是既心心念念这又牵肠挂肚那，做诗人有时候真的很难！

◎ 诗歌故事

王冕对梅花的钟情非一般人所能达到，他种梅花、咏梅花、画梅花，对梅花的喜爱已经融进了骨子里。王冕在梅花诗画创作上的成就来源于他对梅花的痴情，但也离不开王冕少时的刻苦研读。

西汉时有少年匡衡因家中买不起灯的燃油而凿开墙缝借用邻居家的微弱灯光读书，而家境贫寒的王冕年少时也遇到了一样的问题。

相传，王冕的远祖曾是朝廷大官，但传到王冕父亲这辈时已经一贫如洗，少年王冕只能替他人放牛补贴家用，但"漫不经心"的放牛娃王冕却将牛独自留在了田野里。

原来不甘愿做放牛郎的王冕偷偷地跑去了学堂蹭课，放学后的他免不了父亲的一顿毒打，毕竟要是丢了牛可赔不起，好在王冕的母亲很有远见地劝说丈夫让儿子做他喜欢做的事情。

虽然父母默许了少年王冕离家求学，但是住在寺庙旁的他却苦于夜晚的漆黑。晚上无法读书的困境自然是无法阻挡少年王冕对知识的痴迷，年纪轻轻的他神色安然地坐在面目狰狞的泥塑佛像膝盖上，照着佛像前的长明灯灯光刻苦读书。

而王冕夜以继日的苦读不仅让他打下了良好的基础，也让他得遇良师韩性，真正地得到培养。王冕的一生虽然不如匡衡那样因通晓经学而官至丞相，但他在艺术创作的造诣上也算得上是无冕之王。

王冕（1287—1359），字元章，号煮石山农，亦号食中翁、梅花屋主等，浙江绍兴诸暨枫桥人，元朝著名画家、诗人、篆刻家。性格孤傲，鄙视权贵，诗作多同情人民苦难、谴责豪门权贵、轻视功名利禄、描写田园隐逸生活。一生爱好梅花，种梅、咏梅，又攻画梅。所画梅花对后世影响较大。

"安得广厦千万间，大庇天下寒士俱欢颜，风雨不动安如山。"

出自唐朝诗人杜甫的《茅屋为秋风所破歌》，此时的"诗圣"杜甫与王冕一样都面临着社会动荡腐败、生活窘迫不堪的局面。杜甫的"安得广厦千万间，大庇天下寒士俱欢颜"两句诗在意境上和"忽然一夜清香发，散作乾坤万里春"有着心灵共通之处，二者都体现了诗人在关怀人民疾苦上的无限胸襟。

隐居山林的王冕与栖身草堂的杜甫即使有如此惨苦的境遇，却用豪迈不屈的诗作来表达自己的那份忧民之情，诗人们的胸襟与理想被表现得淋漓尽致。

本文作者 ————————————

涨知史：关注创作者张世中，头条号"涨知史"，带你一起长知识。

莫嫌举世无知己，未有庸人不忌才

三闾祠

（清）查慎行

平远江山极目回，古祠漠漠背城开。

莫嫌举世无知己，未有庸人不忌才。

放逐肯消亡国恨，岁时犹动楚人哀。

湘兰沅芷年年绿，想见吟魂自往来。

◎ **诗临其境**

　　1680 年，三藩之乱迫在眉睫，贵州巡抚杨雍建招贤纳士，招兵买马，而立之年的查慎行虽然只是一个书生，地位不高，仍有一腔热血，爱国之心从未泯没，因此毫不犹豫应征，加入幕府，和贵州巡抚一同去平定"三藩之乱"。路上经过湖南屈原祠时，查慎行暂停脚步，前来凭吊屈原，写下了这首诗：

　　我站在高处四下眺望，看着河流绵绵、高山逶迤，一派风景秀丽，但是低头可见的三闾祠却无人打理。这座祠堂建在古城的后方，萧条荒老，无人问津。

屈原前辈，不要去嗔怪当初没有人知道你的忠心，从古至今，庸俗小人一直都嫉妒贤能的人。

驱逐流放又怎么能消除你心中的亡国之恨呢？千年之后的今天，每当到了端午节，忆起往事，楚人还会感到悲哀，同时纪念你、表达对你的哀思。

在你祠堂的周边，蕙兰花和白芷花年年娇艳盛开，让这湘江和沅江的两岸都布满一望无际的翠绿，充满着生机，我想你的英灵一定还对故乡依依不舍，时常回到眷恋的湘江一望。

◎ 一句钟情

"莫嫌举世无知己，未有庸人不忌才。"

一个人的言谈之中可以看出他的格局。人生最可怕的不是孤独，而是格局小。面对别人的不理解，不必抱怨，不必孤独。心要放宽，即使是面对别人的妒忌和闲言碎语也不要在意，人生哪有那么多的顺心如意，英雄、贤士被庸俗小人嫉妒是任何一个时代都有的事情。从中可以看出作者乐观、宽广的胸怀。

◎ 诗歌故事

屈原刚刚入仕时楚怀王非常信任他，很多事情都会和他一起商议，例如制定法律，还让他参与外交事务。屈原曾经向楚怀王提出与齐国联合，一起抗衡秦国。经过屈原的努力，楚国的国力增强了许多。

然而树大招风，屈原的才干遭到了楚国朝廷内其他人的妒忌，这些庸俗之人向楚怀王屡进谗言，一起排挤屈原，渐渐地，楚怀王就疏远了屈原。

公元前 305 年，屈原坚决反对楚怀王和秦国结盟，但是楚怀王没有采取屈原的建议，还将屈原逐出郢都。随后屈原先后流落到了汉北和沅湘，无法参与朝政，无法为国效忠，让他感到十分心痛和压抑，于是开始创作诗歌、文章等。

公元前278年，秦国的军队攻破了郢都，屈原得知十分悲痛、绝望，于是投江自尽。

后来，人们就在农历五月初五这一天用赛龙舟、吃粽子来纪念屈原。

屈原的爱国精神值得学习。同时我们也要认识到，不要被其他人的言论左右，贤能之人被庸俗小人妒忌是常有的事。

无障碍阅读

三闾祠：为纪念屈原而建的祠堂，位于湖南汨罗，因为屈原曾任三闾大夫，所以祠堂命名为"三闾祠"。

极目：纵目远眺。

漠漠：荒凉，人烟稀少。

放逐：此处指屈原曾被流放。

岁时：一年中的一个节令。

湘兰沅芷（yuán zhǐ）："湘""沅"，指湖南境内的湘江和沅江。"兰""芷"是芳草的名字，代指正人君子。

吟魂：此处指诗人屈原的灵魂。

作家介绍

查慎行（1650—1727），初名嗣琏，字夏重，号查田，后改名慎行，字悔余，号他山，晚年居于初白庵，故又称查初白；杭州府海宁花溪（今袁花镇）人，清代诗人、文学家，"清初六家"之一，在清初诗坛有重要影响。著有《敬业堂诗集》《查初白诗评十二种》等。

佳句背囊

"莫愁前路无知己，天下谁人不识君。"出自唐代诗人高适的《别董大》。"莫愁前路无知己"和"莫嫌举世无知己"有异曲同工之处，都表示对对方的宽慰和鼓励，不要担心前方的路没有知己，没有人懂你，你的事迹已经广为流传，得到许多人的敬佩和仰慕。两句话虽然简单朴实，但是十分有力量。

本文作者 ————————————————

赵悦辉，一名来自长春的"95后"作者。

虚心竹有低头叶，傲骨梅无仰面花

虚心竹有低头叶

傲骨梅无仰面花

——（清）郑板桥

◎ 诗临其境

郑板桥是清代的文人画家，一生只爱画兰、竹、石，他的诗书画有"三绝"之美誉。

郑板桥对竹的喜爱，不仅仅是因为竹的外形，更是因为竹的品性精神。郑板桥一生坎坷，饱尝了生活的酸甜苦辣，把自己对世界的体悟都糅进了画中、诗中，所以他的题画诗中留下的不只是艺术表现，还有现实生活的深刻思考。

这副对联是郑板桥为自己仰慕之人梅岩先生而写。相传梅岩先生参加考试，文采飞扬，获得了主考官的赞赏，所以考官特意将他的文卷挑选了出来，谁知道放榜时主考官竟然忘记了放在一旁的梅岩先生答卷，发现后又连忙补上。梅岩先生知道了这个乌龙事件后，认为自己既然已经落榜，就没有必要再补了，之后便投身于教书育人的事业之中。

郑板桥寄情于笔下的竹子和梅花之中，他说：

因为竹子内心谦虚有节，所以会向人虚心低头。
梅花高傲不屈，自有风骨，从不会仰面拍马逢迎。

这一对联写的不仅是我们所见到的竹子与梅花，更是喜爱竹子的郑板桥写给梅岩先生的赞美之句，梅岩正如这有气节的竹、梅一样，令人喜爱与敬佩。

◎ 一句钟情

"虚心竹有低头叶，傲骨梅无仰面花。"

这副对联，既写了物，又写了情。

挺拔俊秀的青葱翠竹微微颔首，岁寒不凋；映雪梅花自在肆意地绽放，愈是寒冷开得愈是娇艳。在这严寒的冬日，竹子与梅花相互交错，有礼有节。

在这不争不抢的翠竹背后，可以看到竹子的虚心，不畏逆境的生命力。那是一种心无杂念、不卑不亢、立于天地之间的自信谦逊，这样的竹怎能不惹人喜爱？在物欲横流的社会之中，这样一份清风朗月般的虚竹之心更显珍贵。

与竹子相似的还有那迎着风雪在寒冬绽放的梅花，不畏风吹雪压，一身傲骨毅然挺立。从这寒冬里的一抹亮色，看见那面对困境傲然挺立的身影，那坚毅的品格，那不屈服、不逢迎拍马、超凡脱俗的品性。

在这里，竹与梅的气节在碰撞交互中更显高雅，托物言志之中更显精神可贵。

◎ 诗歌故事

爱竹爱梅之人，自会有一颗向往高洁之心，而郑板桥本人正是"虚心竹有低头叶，傲骨梅无仰面花"的代言人。

在郑板桥的众多趣事之中，有这样一个"奉旨革职"的故事。

郑板桥在做县令期间，清廉节俭，尽职尽责。不幸遇到灾荒之年，他开官仓放粮救济百姓，后来被皇上撤职，便乘坐小船优哉地回扬州老家。

途中，郑板桥看到一条官船停在码头上，这船的桅杆上挂了一面旗子，写着"奉旨上任"四个大字。

郑板桥一看，不禁自言自语地说："你奉皇上的旨意上任，我奉皇上的旨意革职。不都是'奉旨'吗？你神气什么？"然后，他在一块布上写了"奉旨革职"四个大字挂在自己的小船桅杆上。

那官船上任之人是朝中奸臣之子，名叫姚有财。他依仗着父亲的势力，混了个官职。他看见挂着"奉旨革职"的小船有些好奇，打听之下发现原来是才子郑板桥，就派人向郑板桥索要字画。

郑板桥就作了一首藏头诗送给姚有财："有钱难买竹一根，

财多不得绿花盆，缺枝少叶没多笋，德少休要充斯文。"把每一句的开头连起来读，恰好是"有财缺德"这四个字。

姚有财开心地接过一看，差点气昏过去。

从这个故事中我们看到郑板桥一身正气，不逢迎拍马，这或许就是"虚心竹有低头叶，傲骨梅无仰面花"要展现给我们的吧。

作家介绍

郑板桥（1693—1766），原名郑燮，字克柔，号理庵，又号板桥，人称板桥先生，江苏兴化人，祖籍苏州。清代书画家、文学家。进士出身，做过县令，政绩显著；后客居扬州，以卖画为生，为"扬州八怪"重要代表人物。郑板桥诗、书、画世称"三绝"，是清代比较有代表性的文人画家。

佳句背囊

"未出土时先有节，已到凌云仍虚心。"
这一句也是爱竹之人郑板桥所作。竹子还没长出土就已经是一节一节的了，即使长得再高，也是中空虚心的。这一句的"节"又指人的气节，"虚心"也指接纳万物的态度。这一句与"虚心竹有低头叶，傲骨梅无仰面花"都道出了竹子谦逊有节的绰约风度，与人共通的高洁品格。

本文作者

竹一，于浩瀚书海，寻一丝畅快。

青山尚且直如弦，人生孤立何伤焉

独秀峰

（清）袁枚

来龙去脉绝无有，突然一峰插南斗。

桂林山水奇八九，独秀峰尤冠其首。

三百六级登其巅，一城烟水来眼前。

青山尚且直如弦，人生孤立何伤焉。

◎ **诗临其境**

　　乾隆元年（1736），21 岁的袁枚前往广西看望叔父，从而开始了人生第一次远行。到达桂林时，他惊叹于山水之秀，写了许多诗篇。四十八年后，他应从弟之邀，远赴岭南，再度重游桂林，曾经的风景，在他眼中又有了不一样的魅力，这首《独秀峰》便作于此时。

　　看不见山脉的走势和去向，本以为是处平地，然而抬眼望去，一座高峰似横空出现，高耸入云，像是一把锐不可当的巨大神剑，直插入南斗六星之中，立在天地之间。这，便是独秀峰了。

桂林的山水，奇秀清丽者十有八九，独秀峰更是冠绝其他风景，雄伟不凡。山路上的台阶净无尘土，偶然一抹绿色侵染至石板，更平添几分雅趣。拾级而上，登上山巅，只见一城烟水在眼前浩渺，无限风光在云间迷离。

青山尚且可以劲直如琴弦，矗立世间，人生中因为正直而被孤立排斥，又有什么妨碍呢！

◎ 一句钟情

"青山尚且直如弦，人生孤立何伤焉。"

袁枚的山水诗不同于其他诗人的借景抒情，在他笔下，自然景物也有自己的个性情感，是和人一样的生命体，可以和人交流对话。

此诗或许相比其他写景的千古名作，笔法字词都不甚出彩，然而最后一句，陡然从山转至人生，似乎从中读出了一种"虽千万人吾往矣"的无畏孤勇。

◎ 诗歌故事

袁枚 24 岁时便进士及第，选中翰林院庶吉士，后辗转多地任官。然而 34 岁，正值壮年之际，袁枚却选择辞官奉养母亲，在清幽怡人的随园市隐近五十年，直至去世。辞官的背后，有对生活和自由的热爱，也是因为无法习惯清代官场迎来送往的虚伪和世故。

正直本是人们应有的良好品质，可在复杂的官场，这种品质，却被看成故作清高。即便知道是非，却也不敢道出是非，去承认自己的堕落。相反，他们会去排挤正直之士，以此来证明自己才是正确的处世之道。

行高于人，众必非之，既然无法融入，袁枚便选择了远离。

官场如此，社会也是如此。天下攘攘，皆为利往，在利益、欲望的支配下，很多人迷失了自己的本心，他们会借口是环境如此，是迫于生活。此时正直耿介的坚守者，自然令他们感到自惭形秽，为了让自己的迷失顺理成章，坚守者自然会被孤立。

然而这又"何伤焉"。钻石之可贵，在于它的坚硬和稀少，良好的品性之所以可贵，是因为坚守者寥寥无几，我们不能害怕被排挤和孤立就选择放弃，那可是散发光明的源头。

斥责不公，拒绝同流合污，也不是为了标榜自己，得到别人的赞叹，而是知道这是对的，是应该去做的。坚守本心，即便被世人孤立，而历史所镌刻的姓名，也会道出最后的对错，时间终究会证明一切。

苍天之下，大地之上，连绵起伏的山峰纵横交错时，总有人像袁枚笔下的独秀峰一般，独自矗立在坦荡的平地之上，因为这样，山峰才能立得更直、更高，才能气冲南斗，势入青云。

无障碍阅读

来龙去脉：旧时堪舆（风水先生）以山势为龙，以山势起伏连绵为龙脉。

南斗：星宿名。

伤：妨碍。

作家介绍

袁枚（1716—1798），字子才，号简斋，晚年自号苍山居士、随园主人、随园老人等。钱塘（今杭州）人，祖籍浙江慈溪。清朝乾嘉时期代表诗人、散文家、文学批评家和美食家。与赵翼、蒋士铨合称为"乾嘉三大家"（或江右三大家），又与赵翼、张问陶并称"性灵派三大家"，为"清代骈文八大家"之一，文笔与大学士直隶纪昀齐名，时称"南袁北纪"。著有《小仓山房集》《随园诗话》《子不语》等。

佳句背囊

"宁可枝头抱香死，何曾吹落北风中。"出自南宋诗人郑思肖的《寒菊》。菊花宁可在枝头怀抱着清香死去，也不愿让自己的花瓣被北风吹落于地上。这种高尚节操的孤芳自赏，和袁枚笔下的"独秀"是同样的坚守。

本文作者

程昌雄，头条号"国风美诗文"，专注于古典诗歌赏析与理论的创作，现为新国风诗社社员。

苔花如米小，也学牡丹开

苔

(清)袁枚

白日不到处，青春恰自来。

苔花如米小，也学牡丹开。

◎ 诗临其境

从古至今，无论是李白《长干行二首》"门前迟行迹，
一一生绿苔"中的落寞青苔，还是叶绍翁《游园不值》"应怜
屐齿印苍苔，小扣柴扉久不开"中的弱小苍苔，抑或是刘禹锡《陋
室铭》"苔痕上阶绿，草色入帘青"中的平凡阶苔，苔一直是
以那样卑微又渺小的姿态存在于诗句中。

只有袁枚，这位随性的清朝才子，为我们带来了不一样的苔。

他笔下的苔，一改往日作为背景可有可无的形象，展现出
独一无二的魅力。变得那么的顽强，那么的富有生命力，仿佛
是芸芸众生中极其普通的我们，又像是与命运抗争的勇士：

春日里温暖和煦的阳光照不到背阴处，生命如常萌动，苔藓仍旧长出绿意来。苔花虽然如米粒般微小，却并不影响它依然如牡丹般热烈绽放的心态。

◎ 一句钟情

"苔花如米小，也学牡丹开。"

小小的青苔是凝固的水，温柔中带着力量，不断前行，不断蔓延，不断生长。因为苔有着一切苦难终将会被战胜的信仰！苔用它小小的身躯撑起自己的骄傲，在"白日不到处"开出一朵生命之花，一朵信念之花，一朵梦想之花。

虽然小如米粒，却是穷尽所有积蓄能量绽放出的生命之花。就在一刹那，谁又能说这份希望的力量不如绚丽的牡丹花呢？虽然花朵如米粒般微小，却靠着拼搏的力量，想与被精心栽种的牡丹同样拥有自由的青春韶光。

这是苔的故事，是不断成长的新一代的故事，是每个在逆境中努力拼搏的普通人的故事，也是这位清代才子袁枚的故事。

◎ 诗歌故事

袁枚性喜园林，就自己动手修筑林苑。他改隋园为随园，自号随园主人。在这座用他毕生精力建筑的园林中，却没有修筑一个围墙，而是任行人自由来去，参观玩耍，毫不阻拦。从中可以看到，他真正想做的其实就是这随缘之人。但他的随缘不是随波逐流的浪迹，而是即使身处逆境中看破一切后，还愿坚守本心的执着。

2018年春节，大年初一晚上八点，央视一套《经典咏流传》节目第一期，支教梁老师带着他在乌蒙山里的学生们，一起唱袁枚的诗歌《苔》，其中有几句歌词这样唱道："风一来，花自然会盛开。梦是指路牌，为你亮起来，所有黑暗为天亮铺排，未来已打开，勇敢的小孩，你是拼图不可缺的那一块。"

孩子们干净的嗓音配合着梁老师的娓娓述说，让我们仿佛看到了光明之神挥舞着金色的翅膀，缓缓招手，带我们迈入崭新的时代。

年轻一代总是面对挑战，生命的流转给我们以启迪，命运的齿轮总是那么的相似，智慧之门开启的背后伴随着困难挫折和迷茫，但若不行动站在原地，那与尘埃又有何不同？

人类的发展史永远伴随着灾难，疾病，战争。各种痛苦随时降临人间，毫无预兆，没有退路，但人类每次都会用坚忍、果敢、智慧将它们一一化解，这是人类的宿命，也是人类前进的动力。

"所有随风而逝的都属于昨天，所有历经风雨留下来的才是面向未来。"

我们每个人，每个普通人，都应该坚守希望，直面艰难，尽情绽放。

白日：太阳。

佳句背囊

"几年风雨迹，叠在石屏颜。生处景长静，看来情尽闲。"出自唐代李咸用的《苔》，虽是明写苔的生长环境，但结合李咸用自身一心向学却久试不第，又生逢唐末乱世的经历，应是自怜身世，以苔自比。

本文作者 ————————————

人鱼薇沫，多平台原创作者，以学习和写作保持自我的精神成长！

人生豪情

凤凰非甘泉不饮，大鹏直上九万里云霄……一剑霜寒，一蓑烟雨，一歌一咏皆豪情。

大贤虎变愚不测，当年颇似寻常人

梁甫吟（节选）

（唐）李白

长啸梁甫吟，何日见阳春？

君不见，朝歌屠叟辞棘津，八十西来钓渭滨。

宁羞白发照清水，逢时壮气思经纶。

广张三千六百钓，风期暗与文王亲。

大贤虎变愚不测，当年颇似寻常人。

◎ 诗临其境

唐代开元二十一年（733），33 岁的诗仙李白应好友元丹丘邀请，赴嵩山一同隐居。想起两年前入长安求取功业，遇奸佞小人阻碍终而未成，还有那些在长安市上酒家眠的日子，而今又退隐山林，颇似当年诸葛孔明躬耕于南阳，又想起孔明所作《梁甫吟》，于是李白长啸而吟：

梁甫吟啊，自从孔明唱响以来，多少仁人志士吟诵过你。

我事业的春天，何时才能到来啊？你可知道西周吕望姜太公，长期埋没在民间，五十岁在棘津做小贩和屠夫，七十岁了还在渭水垂钓，清清的河水映照着苍苍白发，他的心在隐隐作痛。而这一钓就是十年，八十岁才得遇文王，当风云际会之时，他那察天地之和命，励精图治的经纬大略，深深地打动了求贤若渴的文王，方遂平生之志。像姜子牙一样拥有雄才大略，非常贤德之人，若时机来临，他的变化将是非常巨大的，如同换了毛色的老虎一样绚丽，是常人所不能想象的。你看发迹之前的姜太公，当年就是普通的人啊！

◎ 一句钟情

"大贤虎变愚不测，当年颇似寻常人。"

李白用换了毛色的猛虎，比喻姜子牙得遇文王前后的巨大变化，寄寓了自己的感慨和抱负，也是对自己才能的高度肯定。李白坚信自己不会被长期埋没，现在的受挫只是暂时的，因为他明白，即使像姜子牙一样的大贤大才者，在没有得到时机施展才能之时，看上去和普通人没有什么两样。

喜欢这句诗文，是因为其中蕴含了李白对自己才能的自信、对一展平生抱负的渴求。每当读到这句，不由得会想起尼采一针见血地说："是金子总会发光。"也会想到阿基米德豪放霸气地说："给我一个支点，我能撬动地球。"这和李白自己说的"天生我才必有用"一样，充满了自信和期待！

◎ 诗歌故事

李白以不世之才自居，渴望建功立业，以实现"奋其智能，愿为辅弼，使寰区大定，海县清一"的理想。在荐举失意后，潦倒苦闷地离开长安，东出潼关，游历会友于开封、洛阳之间，后隐居于嵩山好友元丹丘处。《梁甫吟》就是李白在这个时期的作品。诗中流露出李白希望像姜尚一样得遇明主、像孔明一样兴复汉室的雄心壮志。"大贤虎变愚不测"等句，说明了他急切渴望得到重用，以及对实现经世治国理想的期盼。

李白满腹经纶，却不通过科举谋取仕途，这是因为李白对自己的身世讳莫如深，只示远祖而不示近宗。《新唐书》记载李白为凉武昭王李暠九世孙，如此算来，李白就是唐高祖李渊五世孙，太子李建成玄孙。玄武门之变后，有太子建成后裔逃落民间。有人说李白是正统的李唐皇室宗亲。而唐朝科举制度规定，参试者都要示其祖宗，验明正身。皇室子弟，商贾和戴罪之人不能参加科举。所以留给李白的就只有荐举入仕这一条路。这才有了他后来的献赋谋仕，以及贺知章和玉真公主的荐举，入宫得见玄宗，供奉翰林。

因为身世、桀骜不驯的性格和不愿同流合污的清高，李白终未得志。历史没有选择他出将入相，治国平天下，却神奇地造就了举世无双、千古不二的诗仙李白。

无障碍阅读

梁甫吟：乐府楚调曲名，一作梁父吟，梁父即梁甫，泰山下小山名。

朝歌屠叟：指吕尚，即姜太公。

风期：风度和谋略。

大贤虎变：大贤，有才能的贤德之人，这里指姜太公；虎变，《易经·革卦》中有"大人虎变"的典故，指老虎在更换皮毛后色彩斑斓绚丽，比喻贤能者骤然得志。

作家介绍 李白（701—762），字太白，号青莲居士，唐代伟大的浪漫主义诗人，被后人誉为"诗仙"。与杜甫并称"李杜"。代表作有《望庐山瀑布》《行路难》《蜀道难》《将进酒》《早发白帝城》等。

佳句背囊 "塞上长城空自许，镜中衰鬓已先斑。"出自陆游《书愤》，意思是：壮志未酬，已然鬓发如霜。

本文作者

曹永科，头条优质文化领域创作者，文学，书法爱好者；头条号"头号书法"。

大鹏一日同风起，扶摇直上九万里

上李邕

（唐）李白

大鹏一日同风起，扶摇直上九万里。

假令风歇时下来，犹能簸却沧溟水。

世人见我恒殊调，闻余大言皆冷笑。

宣父犹能畏后生，丈夫未可轻年少。

◎ 诗临其境

　　李邕是唐朝大臣，还是著名的书法家，这首诗是李白写给李邕的。据说，二十多岁的李白在游历渝州时，前去拜访渝州刺史李邕，他在李邕面前高谈阔论，不拘礼节，李邕对李白的狂傲感到有些不悦，告辞时，李白则不客气地作此诗回敬李邕，讥讽李邕不懂"后生可畏"的道理：

　　大鹏鸟总有一天会乘风而起，凭借着大旋风直冲九霄云外。

　　假使风停了大鹏鸟落下来，它的力量也能够激起大风大浪。

世人见我总是论调奇特，听见我的豪言壮语也都冷笑。

即使是孔圣人当年都说过后生可畏，一介大丈夫怎能轻视年轻人。

◎ 一句钟情

"大鹏一日同风起，扶摇直上九万里。"

"大鹏"出自庄子的《逍遥游》，传说是一只巨鸟，由鲲演变而来。

李白曾在江陵遇到名道士司马承祯，司马承祯称李白"有仙风道骨"，李白于是作《大鹏赋》，将自己比作大鹏鸟，此后"大鹏"就经常出现在李白的诗赋中，用"大鹏"自比，以示自己齐天的志向。

李白此时年少气盛，壮志凌云，他用大鹏鸟自比，表达自己有朝一日定会腾飞而起直冲青云，以此讥讽李邕对他的不屑。

◎ 诗歌故事

庄子著《逍遥游》曰："北冥有鱼，其名为鲲。鲲之大，不知其几千里也。化而为鸟，其名为鹏。鹏之背，不知其几千里也，怒而飞，其翼若垂天之云。是鸟也，海运则将徙于南冥。"

大鹏鸟是大鱼鲲化成，它的背不知道有几千里，它飞起来的时候，翅膀就像天边云彩。它在宇宙间都是显赫的，能压过昆仑山。它扇动一下翅膀，尘土飞扬，烟雾迷蒙，天昏地暗，五岳因它的振翅而震荡，百川因它的振翅而决堤。每当大风在北海刮起，大鹏鸟就要乘着风飞到南方的大海去。

庄子《逍遥游》里面讲，沼泽芦苇里的小斑鸠和蝉讥笑大鹏鸟说："我们奋力起飞，碰到榆树和檀树就停在上面，飞不上去的话，落在地上就是了。何必要飞九万里到南海去呢？"

庄子说："小知不及大知"，小斑鸠和蝉又怎么知道大鹏鸟向往青天和远方的大抱负呢？

李白说"大鹏一日同风起，扶摇直上九万里"，他将自己比作志向高远的大鹏鸟，只要有大风刮起，就可以扶摇直上，以此来预示自己的未来一定能鳌里夺尊，而暗暗讥讽李邕燕雀安知鸿鹄之志。

《旧唐书·李邕传》中描述李邕"颇自矜"，就是说李邕这个人比较自负，又追求名声，对年轻后进的态度颇为矜持，然而 68 岁的李邕却曾邀 33 岁的杜甫一起东游，并且早早预见了杜甫将来能名震诗坛。杜甫当时也是年轻后生，因此有人怀疑这首诗不是李白的作品，比如元人萧士赟就曾说"此篇似非太白之作"。

无障碍阅读

上：呈上。

扶摇：盘旋而上，腾飞。《庄子·逍遥游》：

"鹏之徙于南冥也，水击三千里，抟扶摇而上者九万里。"

假令：假使，即使。

簸却：激起。

沧溟：沧海，大海。

殊调：特殊的论调。

宣父：孔子。唐太宗贞观十一年诏尊孔子为"宣父"，"宣"为谥号，"父"同"甫"。

佳句背囊

"大鹏飞兮振八裔，中天摧兮力不济。"

出自李白的《临终歌》（又叫《临路歌》），作于李白逝世当年。李白在逝世前，仍以"大鹏"自比，只是这一次似乎多了些对命运的无可奈何，"大鹏鸟飞啊振翅八方，在飞天的途中被摧折翅膀啊余力不足"。这一句也是李白坎坷一生的概括，是李白为自己亲撰的墓志铭。

本文作者

葵花子籽籽：挣扎在幸福和痛苦的边缘，一边读书一边自我救赎的独行侠。

今日把示君，谁有不平事

剑客

（唐）贾岛

十年磨一剑，霜刃未曾试。

今日把示君，谁有不平事。

◎ **诗临其境**

贾岛家庭贫寒，一生穷愁，清苦的生活只剩下写诗歌了，他的诗大多描述荒凉枯寂之境，最擅长五言绝句，世间流传很多脍炙人口的诗篇。

贾岛心高气傲，在科举考试中，抨击朝政，因而落第。我们仿佛看到，贾岛在中榜名单中未找到自己的名字，内心不平、郁郁寡欢的样子。他认为不是自己才华不够，而是科举制度有失公平。所以他说道：

我是一个剑客，花了十年时间，打磨自己的剑。

剑刃寒光四射，锋利无比，只是还没有用过。

今天，我把这把剑拿出来给你看看，是不是很锋利。

我想知道，天下可有什么不公平的事情，我可以去平复。

◎ 一句钟情

"今日把示君，谁有不平事。"

这一句很有意思，既有宝剑在手、豪情万丈的自信和傲气，又有怀才不遇的苦涩和愤慨。

诗中的"剑"，既可指诗人的才华，也可以指诗人自身。诗人十年寒窗苦读，正如剑客十年打磨一把宝剑，心中充满自信，等的就是一朝科举（试剑），得到赏识，天下知名。然而事与愿违，诗人才华不得伸展，正如宝剑没有用武之力，所以诗人发出愤慨之语："谁有什么不平之事，我可以持宝剑来帮你！"

◎ 诗歌故事

纵观历史，有不少人怀才不遇，到老了仍一事无成。但是，面对困境我们所要做的不是沉吟自苦，而是应该寻找出路。毕竟"天生我材必有用"，千里马不一定会遇到伯乐，所以要多次亮剑，总能遇到伯乐的。

蒙牛的老总牛根生，出生不久就被生父母卖给了养父母，他自述当时自己值50块，从基础的养牛工人到伊利的生产经营副总裁，之后因为和董事长郑俊怀的矛盾被迫离开了伊利。那是1999年，他已经41岁，在这个节骨眼儿上失业再找工作是很难的。和贾岛的处境何其相似，虽然才华和经历全有了，就是没有人雇用。

然而，牛根生却走了另一条路，自己创业，创立乳业品牌蒙牛，用了短短 8 年的时间，使蒙牛成为全球液态奶冠军、中国乳业总冠军，因此蒙牛集团被全世界视作中国企业顽强崛起的标杆。

这一点说明，怀才不遇只是一种现状，人要学会破而后立，自我崛起，创造机会展示自己的才华。贾岛的科举失利，空有才华不得施展，原因在于心中认为寒门学子的出路只有一条，科举入仕途。但是他忽略了一个问题，那就是三百六十行，行行出状元，这条路不行换一条就是了。

而牛根生知道，这么大岁数了曾在高位上待过，难以找到与之相匹配的工作和待遇，认清此路不通，所以选择了创业这一条路，苦是苦了点，但是往往是先苦后甜。

年轻人更是如此，不要认为人生的出路只有一条，遇到失败就认为自己一无是处。年轻时好好学习本领，丰富和发展自己的长处，磨砺自己成为一把利剑，那么未来一定有机会创下一番事业。

无障碍阅读

剑客：用剑高手，行侠仗义的人。
霜刃：形容剑的锋利，寒光闪闪。
把示君：省略了"之"，代指剑，就是把剑拿给你看。

作家介绍

贾岛（779—843），字阆（làng）仙，幽州范阳（今河北涿州）人，早年出家为僧，号无本，自号"碣石山人"，唐代诗人，人称"诗奴"；与孟郊齐名，苏轼称他们为"郊寒岛瘦"。

佳句背囊

"虽复沉埋无所用，犹能夜夜气冲天。"
出自唐代大臣郭震的诗作《古剑篇》，这两句诗表达了自己的理想和抱负，抒发不遇的感慨，但是相信自己是金子，迟早会发光的。和贾岛的诗篇一样借物言志，表达了自己面临困境，但是自信"天生我材必有用"，比贾岛诗作意境更深远一些。

本文作者

麦初齐，曾留学法国获得企业管理硕士学位，喜欢中国的传统文化，涉猎太极和书法领域，读书写文章是人生一大乐趣。

满堂花醉三千客，一剑霜寒十四州

献钱尚父

（唐）贯休

贵逼人来不自由，龙骧凤翥势难收。

满堂花醉三千客，一剑霜寒十四州。

鼓角揭天嘉气冷，风涛动地海山秋。

东南永作金天柱，谁美当时万户侯。

◎ 诗临其境

贯休是唐末五代著名诗僧，也是有名的画家和书法家，游历过许多地方。在杭州灵隐寺期间，吴越王钱镠治理两浙一带，采取了安民之策，当地经济繁荣，渔盐桑蚕之利甲于江南。同时，他大力发展文化教育，两浙文士荟萃，人才济济。

贯休写了这首《献钱尚父》，写钱镠的逼人富贵、伟大功绩和滔天的权势，同时也希望钱镠永作东南天柱，保天下太平：

无边富贵逼人而来，人也不由自主；当一个人奋发向上，他的成就无法遏制。

满堂花香芬芳馥郁，熏醉了无数宾客；一剑横空出世，寒光映照两浙十四州。

战鼓和号角声冲入云霄，连天气都变得寒冷，风浪震撼大地，让人间好像进入了深秋。

顶天立地傲踞东南，您就是祥瑞天象的巨柱，这样的滔天权势，谁还羡慕旧时的万户侯呢。

◎ 一句钟情

"满堂花醉三千客，一剑霜寒十四州。"

这一联对仗工整，气势磅礴，而且夸人夸到了点子上。

"满堂花醉三千客"，写出了酒宴的繁华热闹，呼应首句中的"贵逼人来"，同时也从侧面反映出钱镠宾客众多，人脉丰富。"一剑霜寒十四州"写钱镠功勋卓著，为国家平定很多地方。"十四州"即两浙所辖的十四个州。"霜寒"二字，带有一股凛然杀气，将钱镠挥兵平叛的威势刻画得十分到位。

已故著名武侠小说作家古龙非常喜欢这一句"一剑霜寒十四州"，他的小说《三少爷的剑》，便以"剑气纵横三万里，一剑光寒十九州"作为开头。

◎ 诗歌故事

据传，贯休拿着诗到钱镠府上祝贺，钱镠读完诗后非常高兴，感觉每一句都说到了自己的心坎里去,唯一觉得意犹未尽的是,他此时的胃口已经很大,两浙十四州已经无法让他满足了。他想进一步扩大领地,成为雄踞一方的霸主,甚至取得天下。

唐朝安史之乱以后,外地将领拥兵自重,逐渐在军事、财政、人事方面不受中央政府控制的藩镇割据局面,一直持续一百多年直至唐朝灭亡。而后来浩浩荡荡的黄巢起义,更是极大地冲击了唐朝中央政权。

贯休作这首诗的时候,距黄巢起义被镇压不过十年左右的时间。而再过十年,就是朱温灭唐称帝,开启五代十国的混乱局面。在这种形势下,坐拥两浙十四州,兵强粮足的钱镠有些想法,不足为奇。于是,钱镠暂时不见贯休,而是派人传令给他,要他将"十四州"改为"四十州",然后才答应见他。

贯休一开始对钱镠的印象是很好的,但没想到他这么傲慢,而且野心如此之大,感到非常气愤。本来,诗文中夸张是很常用的修辞手法,比如李白的《望庐山瀑布》:"飞流直下三千尺,疑是银河落九天。"还有《夜宿山寺》:"危楼高百尺,手可摘星辰。""三千尺""百尺"都是用数字进行夸张。但钱镠的意思却是想利用贯休的诗名,为他进一步扩张地盘造势。

贯休心想,天下已经风雨飘摇,百姓饱受战乱之苦,这些全都是拜一些野心家所赐。我就算不能挽狂澜于既倒,也绝不会为虎作伥。于是他拂袖而去,离开之前,他留下几句掷地有声的宣言:"州既难添,诗亦难改。孤云野鹤,何天不可飞?"

意思是说，州是不可能给你添的，诗也绝不可能改。我本是孤云野鹤，此处不留人，自有留人处！

无障碍阅读

钱尚父：即钱镠，五代十国时期吴越国的创建者。
龙骧（xiāng）凤翥（zhù）：龙骧也作"龙襄"，昂举腾跃的样子。凤翥，凤鸟高飞，形容发奋有为。
揭天：指声音高入天际。

作家介绍

贯休（832—912），俗姓姜，字德隐，婺州兰溪（今浙江兰溪）人。唐末五代画僧、诗僧。被前蜀主王建封为"禅月大师"，赐以紫衣。贯休能诗，并以高风亮节的诗闻名天下。最著名的诗句是"一瓶一钵垂垂老，万水千山得得来"，时称"得得和尚"。

佳句背囊

"一身转战三千里，一剑曾当百万师。"
出自王维《老将行》，"一剑曾当百万师"与"一剑霜寒十四州"有相近之处，前句说老将曾以一剑抵挡了百万雄师，后句说钱镠一剑平定了两浙十四州，两者都是用夸张的手法，来表现显著的功勋。

本文作者

磊落故人，今日头条优质文化领域创作者。平生感意气，少小爱文辞。

莫嫌荦确坡头路，自爱铿然曳杖声

东坡

（北宋）苏轼

雨洗东坡月色清，市人行尽野人行。

莫嫌荦确坡头路，自爱铿然曳杖声。

◎ 诗临其境

苏东坡，一个活成了神话的中国文人。但正如国学大师钱穆所说：苏东坡诗之伟大，因他一辈子没有在政治上得意过。他一生奔走潦倒，波澜曲折都在诗里见。

这首诗也是如此，宋神宗元丰六年（1083），这是他因"乌台诗案"被贬黄州的第三个年头。

在创作这首诗时，苏轼已然完成了由苏轼向苏东坡的进化，在黄州东坡自耕自种不仅让他实现了物质上自给自足，从自号"东坡居士"那一刻开始，"东坡"也成为他精神上的归宿。

所以对苏轼而言，东坡不只是一块可以营生的坡地，更是心中的桃花源：

雨水冲洗过后的东坡显得格外澄净,月光也分外清澈;此时,蝇营狗苟、追名逐利的人早已没了踪迹,只有山野闲人缓步徐行。

不要嫌弃这凹凸不平、坎坷崎岖的坡路,我就喜欢拄着竹杖敲击山石发出的铿然之声。

◎ 一句钟情

"莫嫌荦确坡头路,自爱铿然曳杖声。"

这句诗看似平平无奇,却是鼓舞了我们千年的苏东坡精神的高度概括。一千个读者就有一千个哈姆雷特。但一千个读者可能只有一个苏东坡——他乐观从容、随缘自适;他达观自在、超然洒脱。而如果把这一切具象化,凝练成一句,那便是"莫嫌荦确坡头路,自爱铿然曳杖声"。一个"莫嫌",一个"自爱",两相对比,将苏轼达观自在、随缘自适的人生态度表现得淋漓尽致。"荦确坡头路"不仅实指东坡的小路崎岖难行,更代表了苏轼仕途上的坎坷崎岖。

苏轼一生命运多舛,仕途几经沉浮,不是被贬就是在被贬的路上,后来更是一步步被贬谪到了海南之地。但不管怎样,他始终不改对生活的热爱,始终以乐观从容的生活态度面对人生的风风雨雨。如果没有"荦确坡头路",又何来"铿然曳杖声"!

我们的人生,又何尝不是如此,人生不如意十之八九,学会如何度过低谷,面对逆境学会如何自处,才是我们人生必修的重要课题。

◎ 诗歌故事

公元 1079 年，北宋历史上著名的"乌台诗案"，主人公就是苏轼，其他被牵连者达数十人。一些奸佞之臣挖空心思从苏轼的诗词文章中搜寻只言片语，罗织各项罪名，欲置苏轼于死地。好在有曹太后出面干预，又有退居江陵的王安石上书求情，苏轼终于在入狱一百零三日后被判从轻发落，贬谪黄州。

初到黄州的苏轼没有住所，寓居在黄州的定惠院，后来又辗转搬进了江边的临皋亭。但这些都终非长久之计。

直到后来苏轼的朋友马正卿想办法在黄州城东门外为苏轼批得一片废旧的营地。因营地在东门外的小山坡上，而当年白居易也曾在忠州东坡垦地，于是苏轼援引白居易的故事，将其命名为"东坡"，他亦自号"东坡居士"。

在贬谪黄州期间，苏轼的仕途虽然陷入低谷，却迎来创作的巅峰，《赤壁赋》《念奴娇·赤壁怀古》《定风波·莫听穿林打叶声》等脍炙人口的千古名篇均创作于这一时期。

这首《东坡》亦是，所以通过这首诗也可以窥见苏轼对田园躬耕生活的热爱和高洁的心性以及坚毅的精神。在这首诗里，诗人始终昂扬着乐观积极的人生态度，不管生活如何艰难，绝不颓丧气馁。

"莫嫌荦确坡头路，自爱铿然曳杖声。"这就是苏东坡，这就是给我们力量、鼓舞我们千年的东坡精神。

无障碍阅读

东坡：黄州东门外的一块废旧的地。

市人：指蝇营狗苟、追名逐利的人。

野人：指乡野、山野之人。这里指苏轼。

荦（luò）确：指险峻不平的山石。

铿（kēng）：拟声词，指手杖敲击山石所发出的声音。

佳句背囊

"竹杖芒鞋轻胜马，谁怕？一蓑烟雨任平生。"出自苏轼的《定风波·莫听穿林打叶声》，这首词与《东坡》属相同意境，其中"竹杖芒鞋轻胜马，谁怕？"一句是"莫嫌荦确坡头路，自爱铿然曳杖声"的另一种表达：我拄着竹杖，穿着草鞋，轻便得胜过骑马，这有什么可怕的？在后一句，苏轼直接表达了内心的豁达乐观：一蓑烟雨任平生。两首诗词对照阅读，更可见诗人风采神韵。

本文作者

丁十二：喜诗词，偶有拙作；好读书，不求甚解；苏轼的众多仰慕追随者之一。

千古风流今在此，万里功名莫放休

破阵子·掷地刘郎玉斗

（南宋）辛弃疾

为范南伯寿。时南伯为张南轩辟宰泸溪，南伯迟迟未行。因作此词以勉之。

掷地刘郎玉斗，挂帆西子扁舟。千古风流今在此，万里功名莫放休。君王三百州。

燕雀岂知鸿鹄，貂蝉元出兜鍪。却笑泸溪如斗大，肯把牛刀试手不？寿君双玉瓯。

◎ 诗临其境

淳熙五年，范如山得到赏识，被聘做辰州泸溪县令。可范如山嫌此职务官小势微，不足以实现自己的鸿鹄之志，迟迟不肯赴任。就在这个时候，辛弃疾调任荆湖北路转运使，在范如山的寿宴上写下这首词，劝导他以大局为重，不要计较个人名利的得失。

作者借范增撞碎玉斗和范蠡不受越国封赏两个典故，阐述英雄之所以能名垂青史，是因为国效命，建功立业，劝导范如山当以大局为重。

燕雀如何了解鸿鹄的志向，公侯将相本就出身于普通士卒。笑看泸溪地如斗这般小得很，不知范兄愿不愿意到此小试牛刀。特赠送两只玉瓯，作为范兄的寿礼。

◎ 一句钟情

"千古风流今在此，万里功名莫放休。"

此句是通篇的神来之笔，作者提出自古英雄之所以能够名垂青史，是因为他们懂得以大局为重，为国效命且屡建功勋。劝导范如山切莫因官小而不去作为，不要计较个人的名利与得失。作者不忘在开篇借用两个典故，来支撑这一观点。

"掷地刘郎玉斗"，鸿门宴上，刘邦让张良把玉斗献给范增。但范增因项羽不杀刘邦，留下后患，怒火中烧，愤将玉斗摔在地上，用剑将其撞碎。

"挂帆西子扁舟"，春秋战国时期，吴越相争，范蠡为国效命，帮助越国灭了吴国。但谢绝了越王封赏，带着西施泛舟五湖。

作者有意以范增与范蠡为例，二人与范如山同姓，且都是胆识过人的谋士，是再好不过的对比。

◎ 诗歌故事

"千古风流"，是很多人的鸿鹄之志，是理想中的远方，而"今在此"恰如其分地点出我们尚未到达。"万里功名"回答了如何才能"千古风流"，表达出，当我们不计较个人得失，愿意为国效力，建立功勋时，离"千古风流"便不远了。

随着互联网时代的发展，越来越多想"千古风流"的人，初尝坐拥百万粉丝的成就感。他们开始自视甚高，把自己当成神一样膜拜。慢慢的，他们开始挑事情做，坚决不做微不足道的事情，认为他们与生俱来就是干大事的人。

但是小事不做，又怎么能做得来大事，我们不可能一口气吃掉一个胖子。有时想得很美好，想得到更多，还想着自由，却懒得行动，最后就剩下空想。儿时，我有位好玩伴，她的父母都是美术老师。我一直认为，她长大后也会从事与美术相关的工作。

她也是这么认为的。上高中时，她几乎不学其他学科，就专攻美术，还认为她的美术天赋是与生俱来的，无须耗费过多的力气去学习。让人觉得可惜的，是她接连几年参加艺考，均以失败告终。尽管后来她成为一名设计师，也没能得到很好的发展，缺乏优质作品的积累。

因为她认为自己足够优秀，本就是可以做大事的人，未在高中时代夯实基础，最终发现自己缺乏艺术创作的天赋，也很难另辟蹊径，难以找到更合适自己去发展的道路。

后来，每当我失意时，或者见到身边有人深陷迷茫，我都会把这句词送给他们，也当作自我勉励。"千古风流今在此，万里功名莫放休。"想要成为做大事的人，具有极强的影响力，我们先要心怀理想，继而脚踏实地前行，以"万里功名"，实现"千古风流"。

无障碍阅读

掷地刘郎玉斗：据《史记·项羽本纪》记载，刘邦赴鸿门宴，范增因项羽不杀刘邦，留有后患，怒将玉斗撞碎。

挂帆西子扁舟：吴越争战时期，越国大臣范蠡助越王灭掉吴国后，带着西施泛舟五湖。

牛刀：指做大事的人，有才能的人，这里比喻大材小用。

玉瓯：玉制酒杯。

佳句背囊

"不积跬步无以至千里，不积小流无以成江河。"出自荀子《劝学篇》，阐述积累的重要性。没有一步半步的积累，就没有办法到达千里的地方；不汇聚细小的河流，就没有办法汇成江河。恰与"千古风流今在此，万里功名莫放休"有共通之处。

本文作者

玩视不恭，低调的小说作家，喜欢在娱乐中拾欢，过上有态度的人生，撰写耐人寻味的好文章。

一笑出门去，千里落花风

水调歌头·我饮不须劝

（南宋）辛弃疾

淳熙丁酉，自江陵移帅隆兴，到官之三月被召，司马监、赵卿、王漕饯别。司马赋《水调歌头》，席间次韵。时王公明枢密薨，坐客终夕为兴门户之叹，故前章及之。

我饮不须劝，正怕酒樽空。

别离亦复何恨？此别恨匆匆。

头上貂蝉贵客，苑外麒麟高冢，人世竟谁雄？

一笑出门去，千里落花风。

孙刘辈，能使我，不为公。

余发种种如是，此事付渠侬。

但觉平生湖海，除了醉吟风月，此外百无功。

毫发皆帝力，更乞鉴湖东。

◎ **诗临其境**

淳熙丁酉年冬天，辛弃疾从江陵调任隆兴，次年的三月份又被召为大理寺卿，当时的同僚及好友司马监、赵卿、王漕等人为他钱别。席间，司马监作《水调歌头》词，本词为和词。

不必劝我酒，我想借酒浇愁正怕没酒。别离又有何惧？只是太过匆匆。君不见当时头戴貂蝉人上人（王炎），今已苑外麒麟高冢中，试问人世间，谁是英雄？人生海海，争名夺利有何用？不如，一声长笑出门去，千里长风带落花。

三国时，辛毗因不向宠臣刘放、孙资折腰，未能位列三公。如今我华发已生，类似的事情也就随他们去吧！只是觉得枉费平生豪侠气，却除了醉酒吟诵些风花雪月，便一事无成。反正我的一切都是属于朝廷的，既然我如此老不中用，就让我学习贺知章，请求陛下放我归隐吧。

◎ 一句钟情

"一笑出门去，千里落花风。"

潇洒！是这句诗给人的第一印象。与李白"仰天大笑出门去"的豪放、张狂不同，辛弃疾这"一笑"似是不屑，似是轻蔑，还有坦荡、侠气。出门去之后呢？过去的就过去吧！迎接我的，有长风吹起，千里落花。

辛弃疾的词，是英雄词，但豪情中也有细腻柔情，好比"心有猛虎，细嗅蔷薇"。辛弃疾作此诗时，已经38岁了，人到中年，但看到这句诗，仍带给人少年感。是什么样的心境才能写出这样一句美丽的诗句？

或许，正是源自英雄出少年那光芒万丈的自信。

一笑出门去，遗世而独立。千里落花风，清醒而坚定。且不论辛弃疾一生武能定沙场，文能开词境，光凭这份笃定的心性，也已凌驾于无数人之上。

人的一生就如海上的波浪，有时起，有时伏，得意时可快马扬鞭，失意时，也不要怀疑，坚信自己，做好自己，在内心给自己留一方天地，那里有长风飒飒，千里落花，只为悦己，无关风月。

◎ 诗歌故事

纵观中国历史，辛弃疾是一个特别的存在，有人评他是"文人里面武艺最强，武将里面写词最好"的人。

笔者初一时才读到辛弃疾的第一首词，叫《清平乐·村居》，这是一首清新明快，情趣相宜、天真烂漫的田园风词，初识辛弃疾，还真以为他只是个会写词的乡下人。

然，初三又学到一首《破阵子·为陈同甫赋壮词以寄之》，也是辛弃疾作品："醉里挑灯看剑，梦回吹角连营。八百里分麾下炙，五十弦翻塞外声。沙场秋点兵。马作的卢飞快，弓如霹雳弦惊。了却君王天下事，赢得生前身后名。可怜白发生。"

那个时候不懂研究考证，心里觉得辛弃疾这老头矫情，一个种庄稼的老头，想象力可真丰富，什么"挑灯看剑""沙场点兵"，词写得是不错，但人可能有点神道。现在看来，我真是太天真了！

辛弃疾虽然自己号"稼轩"，但他可不是什么正经庄稼人！

高宗绍兴三十一年，年仅 22 岁的辛弃疾就拉起一支 2000 人的队伍，反抗金朝的残暴统治。后来加入有 10 万人的起义军首领耿京麾下，任掌书记。其间辛弃疾的朋友义端和尚偷大印出奔，意图通敌，被辛弃疾快马追击斩杀。

后辛弃疾说服耿京与南宋联合，又亲自面见南宋皇帝获得委任。不幸的是，回归途中，大帅耿京就被叛徒张安国杀掉，作了给金国的投名状。辛弃疾暴怒之下，率 50 人尖锐骑兵奔袭金军 5 万人大营，生擒张安国，押赴南宋处死。

都是惊心动魄的场面啊！再回想辛词中那些刀光剑影，才知根本不是什么想象，人家那叫回忆！所以，读书时，不要放过任何一个疑点，当时不能明了的，应记下来，及时请教老师，或查资料，彻底解除疑问。不然，就可能贻笑大方了！

无障碍阅读

淳熙丁酉：即宋孝宗淳熙四年，公元 1177 年。
自江陵移帅隆兴：指这年冬天，辛弃疾由江陵知府兼湖北安抚使调任隆兴（今江西省南昌市）知府兼江西安抚使。
次韵：依次用原唱韵脚的字押韵作和章。
兴门户之叹：为朝中权贵各立门户、互相倾轧而叹息。兴：兴起，产生。

貂蝉贵客：这里实指当朝权贵王炎。貂蝉：即貂蝉冠，三公、亲王在侍奉天子祭祀或参加大朝时穿戴。

苑外麒麟高冢：由杜甫《曲江》"江上小堂巢翡翠，苑边高冢卧麒麟"化出。

渠侬：他们、别人。

湖海：湖海豪气。即豪放的意气。

毫发皆帝力：言自己的一丝一毫都是皇帝恩赐的。

佳句背囊

"仰天大笑出门去，我辈岂是蓬蒿人。"

出自唐代诗人李白的《南陵别儿童入京》，这句诗为我们呈现了诗人狂放的一个画面：仰天大笑走出门去，我可不是草野之人！写这句诗时，李白得皇帝召见，心境自是得意，而辛弃疾化用这句诗时，却处失意之境，但相同的是，二人都有着绝对的自信，可见英雄的共同之处，是有强大的内心。

"一点浩然气，千里快哉风。"

出自宋代文学家苏轼《水调歌头》，意思是一个人只要具备了至大至刚的浩然之气，就能超凡脱俗，刚直不阿，坦然自适，在任何境遇中，都能处之泰然，享受使人感到无穷快意的千里雄风。苏轼乃一代文豪，为人旷达。辛弃疾的"一笑出门去，千里落花风"与苏轼这句词用字如此相似，而意境上，似乎也是一种传承。辛弃疾一生忧国忧民的家国情怀，又何尝不是一种浩然正气呢！

"那知老病浑无用，欲向君王乞镜湖。"
出自宋代苏轼《次韵子由使契丹至涿州见寄四首》（其三）。镜湖是"鉴湖"的原名，相传黄帝铸镜于此而得名。"乞镜湖"是指贺知章晚年为道士，请求朝廷赐其镜湖为放生池，后被文人借指归隐。这句诗自谦地表示自己又老又多病，已经不中用了，希望陛下恩准自己告老还乡。

本文作者 ————————————————————

上官开明，本名王敬，工商管理和汉语言文学专业出身，不时化身为业余写手的资深 HR。

一冬也是堂堂地，岂信人间胜著多

山居杂咏

（清）黄宗羲

锋镝牢囚取次过，依然不废我弦歌。

死犹未肯输心去，贫亦岂能奈我何！

廿两棉花装破被，三根松木煮空锅。

一冬也是堂堂地，岂信人间胜著多。

◎ 诗临其境

黄宗羲，明末清初思想家、学者。在清朝军队攻陷南京后，黄宗羲不想看着明王朝灭亡，于是变卖了自己的家产，召集更多的士兵同他一起抵抗清朝的入侵。之后黄宗羲升为左副都御史，冬季，出使日本请求借兵，渡海至长崎岛、萨斯玛岛，未成而归。于是黄宗羲返家隐居，不再入仕。

诗人作此诗以言志：

我曾刀剑加身，也曾深陷牢狱，无论如何险恶，都不能使我停止弹琴放歌。

死亡都不能让我的内心屈服，区区贫穷又能拿我如何？

二十两棉花做的被子，又薄又破；三根松木架起来空空的铁锅，无米无肉。

这般简陋又如何，寒冷的冬天里，我也照样堂堂正正地生活，我就不相信人间还能有什么更厉害的招数，可以让我低头！

◎ 一句钟情

"一冬也是堂堂地，岂信人间胜著多。"

尽管对这一句的解释历来莫衷一是，但人们都承认，这一句体现了诗人坚贞不屈、向生活向权力说"不"的精神，风雪压不垮、拳头打不倒。

现在有句话是"生活对我下了手"，而在诗人这里，无论生活对他怎么下手，有什么厉害的招数，他都敢视若蔑如，堂堂正正地挺住。

◎ 诗歌故事

中华民族是一个有气节、有信念的民族。说到民族气节、信念的"代言人"，我首先想到的便是同黄宗羲一样坚定信念不愿侍奉新朝，同样具有气节的文天祥。

文天祥是宋末政治家、文学家以及著名爱国诗人，但可惜他虽有一腔热血，满心报国情，奈何当朝统治者昏庸，奸臣当道，得不到重用。

1274 年，临安告急之时，文天祥散尽家财组织义军，驰援临安，苦战不敌。当朝统治者执意投降，派他与元朝谈判，不料被元朝扣留，逃脱后他继续领兵抗元，最后兵败被俘。

当时元朝统治者搜求有才能的南宋官员，得知文天祥是有才之士后，派人传达圣旨想要招降。文天祥却说："国家亡了，我只能一死报国。"

在之后元朝统治者再一次召见文天祥时问道："你还有什么愿望？"文天祥坚定地回答："天祥深受宋朝的恩德，身为宰相，哪能侍奉二姓，愿赐我一死就满足了"。

当文天祥走上刑场时，向南面跪拜，以表对南宋的忠心。

一个人无论经历了什么，气节都不可以被放下，要始终坚定信念，保有一颗坚定不屈的心，或许这正是"一冬也是堂堂地，岂信人间胜著多"要告诉我们的道理吧。

无障碍阅读

锋镝（dí）：箭的尖头。泛指兵器。

弦歌：出自《庄子·秋水》："孔子游于匡，宋人围之数匝，而弦歌不辍。"孔子游学到匡地时，被暴徒围困，断粮三日，但孔子和其弟子们照样读书，照样弹琴放歌。

输心：交出真心，此指内心屈服。

**作家
介绍**

黄宗羲（1610—1695），字太冲，一字德冰，号南雷，别号梨洲老人、梨洲山人、古藏室史臣等，学者称"梨洲先生"；浙江余姚人，明末清初经学家、史学家、思想家、地理学家、天文历算学家、教育家。"东林七君子"之一黄尊素长子。黄宗羲与顾炎武、王夫之并称"明末清初三大思想家"，与顾炎武、方以智、王夫之、朱舜水并称为"明末清初五大家"，与陕西李颙、直隶容城孙奇逢并称"海内三大鸿儒"，亦有"中国思想启蒙之父"之誉。著述多至50余种，最为重要的有《明儒学案》《宋元学案》《明夷待访录》《孟子师说》。

**佳句
背囊**

"粉骨碎身浑不怕，要留清白在人间。"
出自明代诗人于谦《石灰吟》，其中"粉骨碎身浑不怕，要留清白在人间"两句，与"一冬也是堂堂地，岂信人间胜著多"所表达的情感有共通之处：诗人直抒情怀，即使粉身碎骨也毫不惧怕，只要把高尚气节留在人世间，立志要做纯洁清白的人。

本文作者

任国利，网络新闻与传播专业"00后"大学生，新媒体运营，头条号优质历史领域创作者。

一箫一剑平生意，负尽狂名十五年

漫感

（清）龚自珍

绝域从军计惘然，东南幽恨满词笺。

一箫一剑平生意，负尽狂名十五年。

◎ **诗临其境**

龚自珍是清代著名诗人，写这首诗的时候，他 32 岁，第四次参加会试落榜。

当时的国家形势内忧外患日益深重，西北边疆以张格尔为首的叛乱暂时平息，但他逃亡国外酝酿着更大的阴谋；东南沿海地区，国门大开，外国侵略者走私鸦片，残害中国人民的身体、意志，国家经济受到严重侵害，国力日渐衰弱。

面对这样的国情，龚自珍忧心如焚，他想上阵杀敌却不能如愿，会试的屡次失败也让他无法做官为国出力，他满腔的爱国激情无处宣泄，便只能全部倾注于诗文当中，于是就有了这首诗。

这首诗的大意是：

从军疆场的壮志难酬令人怅惘，只能将对东南形势的忧虑情怀注满诗行。

赋诗抒怀和仗剑抗敌是我平生志愿，如今十五年过去，白白辜负了"狂士"声名。

◎ 一句钟情

"一箫一剑平生意，负尽狂名十五年。"

这句诗中的"箫"代表文才，"剑"代表武功，一箫一剑，即一文一武。前者指作者赋诗抒怀，忧心国家之意；后者是指作者仗剑驰骋，报效国家的雄心壮志。

龚自珍自幼研习诗文，才华横溢，又喜好交友，与被称为"狂士"的著名诗人王昙结为忘年交，到写这首诗的时候前后正好十五年。

作者自负"狂名"，可见他的性情里有一份恃才傲物的不羁，"一箫"和"一剑"分别代表了诗人幽怨和狂放的一面，形成对比，强烈地反映出作者壮志难酬的愤懑和想要报效国家的迫切心情。

◎ 诗歌故事

龚自珍幼年时居住在西子湖畔的祖宅里，父亲不在跟前，由母亲教导启蒙，8岁就开始研习诗文，15岁编诗成册，18岁参加乡试。他闲时常吹箫舞剑结交好友，生活自由惬意，未曾感受过国家离乱和父辈们的沉重期望，所以他的性情中也多了一份年少不知愁的轻狂。

当他长大之后随父亲进京，见识了帝都皇城的恢宏气派和百官的泱泱气度，觉得那才是好男儿读书报国的模样，于是慢慢褪去稚气，心生宏愿，决心入仕。

只是当时的清朝政府闭关锁国，官场颓废腐败，官员们都只想着自保，没人为国家、为百姓着想。

龚自珍试图打破陈规，冲出禁锢，扬改革之风，振兴大清。他在《明良论》中第一次大张旗鼓地表达了自己的政治见解，涉及了为官之道、入仕之规、治国之策以及改良之路。为官多年的祖父看到之后惊喜异常，不仅给予他肯定和鼓励，还亲自批点。

但是，龚自珍的见识和主张在当时并不被人接受，反而因为揭露朝政弊端、触动统治阶级的利益而遭到权贵的排挤和打压。他五次参加会试全部名落孙山，在第六次的时候终于考中进士，他在殿试对策中效仿王安石提出很多有用的改革主张，震动了阅卷的考官，但主持殿试的大学士却给他判了一个"楷法不中程"，将他拒于翰林门外，意思是嫌他字写得丑。为此，龚自珍还让自己的妻女练习书法，以此来抗议朝廷取仕的不良之风。

龚自珍忧心国家形势，却始终在官场上仕途不顺，他把这种壮志未酬的郁闷全部写进了诗文里，至今流传文章 300 多篇，诗词近 800 首，今人辑为《龚自珍全集》。

无障碍阅读

绝域：极遥远的地方或与外界隔绝的地方，此指我国边疆。

惘然：失意的样子，此指从军的愿望未能实现。

词笺：写诗词的纸，也可以当作是"诗词"来看。

作家介绍

龚自珍（1792—1841），字璱人，号定盦（一作定庵），浙江临安（今杭州）人。晚年居住昆山羽琌山馆，又号羽琌山民。清代思想家、诗人、文学家和改良主义的先驱者。主张革除弊政，抵制外国侵略，曾全力支持林则徐禁除鸦片。48 岁辞官南归，途中写成著名的《己亥杂诗》，共 315 首。被柳亚子誉为"三百年来第一流"。著有《定盦文集》。

佳句背囊

"平生塞北江南，归来华发苍颜。布被秋宵梦觉，眼前万里江山。"

这两句诗出自辛弃疾的《清平乐·独宿博山王氏庵》，作者游览博山时借宿在别人家里，长夜无眠，回想过往所作。辛弃疾一生志在恢复大业，到头来还是壮志未酬、一事无成，只是徒增了华发，独居破屋之中。

但也正是这样的画面反衬出了作者对祖国大好山河的热爱，即使半生坎坷磨难，依然心怀家国、不坠壮志，梦醒之后眼前浮现的依旧是祖国的万里河山。

"桃李春风一杯酒，江湖夜雨十年灯。"

出自北宋文学家黄庭坚《寄黄几复》一诗。黄几复是作者的好朋友，年少时曾一起"仗剑走天涯"。作者在雨夜中写下此诗，表达对友人的思念。这两句的意思是：想起过去，桃李下，春风中，我们曾一起共饮美酒，畅游江湖；一转眼已是十年，如今我听着夜雨，对着孤灯，思念着你。

本文作者 ————————————————————————

绾卿，爱读书，爱分享，人情冷暖付于笔端，世间繁华藏进书中。

拼将十万头颅血，须把乾坤力挽回

黄海舟中日人索句并见日俄战争地图

（近代）秋瑾

万里乘风去复来，只身东海挟春雷。

忍看图画移颜色，肯使江山付劫灰。

浊酒不销忧国泪，救时应仗出群才。

拼将十万头颅血，须把乾坤力挽回。

◎ 诗临其境

秋瑾，是中国近现代历史上最为著名的女性之一，她是一个无畏的革命家，勇敢的民主战士，也是一个才华横溢的女诗人。

1904 年，沙皇俄国为了和日本争夺对中国辽东半岛的殖民权，悍然在今中国东北境内发动了帝国主义争霸战争。这场名为日俄战争的资本主义列强之间的战争，表面上看似与中国毫无关联，但其实质却是为了争夺原本属于中国的领土，确定辽东半岛的归属权！辽东半岛自古以来就是中国神圣不可侵犯的主权领土。而今却任由日俄两国肆意争夺。这使得关心时事与救亡图存的仁人志士愤慨不已！

秋瑾女士在看到日俄战争形势图时，满怀悲愤地感叹道：

千里万里远途，我像乘风一样去了又回，在独自一人的往返中相伴滚滚春雷。

不忍心眼睁睁地看着祖国的领土，划入别国的地图。怎么能让这一片大好山河，遭受敌人侵略的炮火？

一杯浊酒，只能消得了我心中无限的忧愁，看着满目疮痍的河山，不由自主地洒下愤怒的热泪。救亡图存人人有责，已是刻不容缓。

就算十万将士抛头颅洒热血，也一定要破除旧乾坤，再造新天地。

◎ 一句钟情

"拼将十万头颅血，须把乾坤力挽回。"

读这句诗，笔者常常不由自主地联想到两宋之交著名女作家李清照的名句："至今思项羽，不肯过江东。"如果不是知道李清照和秋瑾是女性，真以为这两句诗，应该出自大丈夫之口。可事实证明：在拯救民族危亡，挽救国家的道路上，女性同样可以像男子一般报效国家。

顾炎武说："天下兴亡，匹夫有责。"爱国从来都不是一个空泛高大的"虚词"，而是每一个有国之人必备的优秀品质。

"拼将十万头颅血，须把乾坤力挽回。"秋瑾女士是这样说的，更是这样做的。光绪三十三年（1907），秋瑾在浙江绍兴起义，失败后不幸被捕，在绍兴轩亭口英勇就义，她以自己的热血履行了自己的誓言。

◎ **诗歌故事**

清末民初，是中国历史上一个重大转折关头，无数仁人志士前赴后继、杀身成仁，留下了许多可歌可泣的故事。

1898年，光绪皇帝决定变法，谭嗣同成了主要助手。不料慈禧太后发动了政变，囚禁了皇帝，下令逮捕维新人士。康有为等人逃走了。谭嗣同没有跑，他说："各国的变法，没有不流血而能成功的。现在中国还没有人为变法而流血，这是国家不能强盛的原因。如果要有人流血，就从我开始吧！"

谭嗣同被捕以后，毫无惧色，在监狱中写下诗句："我自横刀向天笑，去留肝胆两昆仑。"他被押到刑场受刑前，大声喊着："有心杀贼，无力回天。死得其所，快哉快哉！"

这位笑迎死亡的义士，心里装着祖国。他自动走向死亡，因为他知道自己的死，有多大价值。

我们中华民族之所以至今仍然屹立于世界民族之林，正是因为有谭嗣同、秋瑾这样的仁人志士为我们抛头颅，洒热血。纪念英雄，缅怀先烈。他们的精神是鼓舞我们永续前行的动力。

无障碍阅读

乘风：即乘风而行的意思。此用列子乘风的典故，兼用宗悫"愿乘长风破万里浪"的典故（见《宋史·宗悫传》）。

去复来：往返来去。指往返于祖国与日本之间。

只身东海：指独自乘船渡海。

挟春雷：形容胸怀革命理想，为使祖国获得新生而奔走。春雷，春天的雷声可使万物苏醒，故此处有唤醒民众之意。

佳句背囊

"一年三百六十日，多是横戈马上行。"

出自明代著名军事家戚继光的《马上作》。一年三百六十日，我都是带着兵器骑着战马在疆场上度过的。在爱国情怀的表现上，与"拼将十万头颅血，须把乾坤力挽回"一样极富感染力。

本文作者

旧人旧事历史说，文史爱好者，连载有长篇历史架空小说《千秋帝业》。